플뢰르 펠르랭 Fleur Pellerin

생후 6개월에 프랑스로 입양되어 파리 교외에서 성장했다. 에섹경영대학교 ESSEC, 파리정치대학 Sciences Po, 국립행정학교 ENA를 졸업하고 프랑스감사원에서 경력을 쌓았다. 2002년 사회당 연설문 ⋯⋯ 정치권에 입문한 이⋯⋯ 2012년 중소기업·⋯⋯ 입각, 아시아계 ⋯⋯ 썼다. 중소기업·혁⋯⋯ 임장관 시절 프랑스 정부의 스타트업 육성 정책 '라 프렌치 테크 La French Tech' 를 출범시켰고, 2014년부터 2016년까지 통상·관광·재외교민 담당 국무장관, 문화·커뮤니케이션부 장관을 지냈다. 퇴임 후 글로벌 투자기업 코렐리아캐피탈 Korelya Capital을 세워 경쟁력 있는 스타트업을 발굴하고 투자하며 한국·유럽 스타트업들의 글로벌 시장 진출을 돕고 있다. 2022년 레지옹 도뇌르 기사장을 수상했다.

《이기거나 혹은 즐기거나》는 플뢰르 펠르랭이 한국에서 최초 출간하는 첫 책이다. 2013년 장관 자격으로 한국을 방문했을 당시 한국인들이 궁금해했지만 말로는 다 하지 못했던 자신의 정체성에 대한 솔직한 생각과, 프랑스에서의 어린 시절부터 정치인으로 사업가로 활동하면서 경험한 것과 느낀 것들을 진솔하게 기록한 책이다.

표지사진 © 노우석(노나스튜디오)

이기거나 혹은 즐기거나

이기거나 혹은 즐기거나

플뢰르 펠르랭 에세이

1판 1쇄 인쇄 2022. 10. 10.
1판 1쇄 발행 2022. 10. 20.

지은이 플뢰르 펠르랭
옮긴이 권지현

발행인 고세규
편집 심성미 디자인 박주희 마케팅 박인지 홍보 이한솔
발행처 김영사
등록 1979년 5월 17일(제406-2003-036호)
주소 경기도 파주시 문발로 197(문발동) 우편번호 10881
전화 마케팅부 031)955-3100, 편집부 031)955-3200 | 팩스 031)955-3111

값은 뒤표지에 있습니다.
ISBN 978-89-349-4067-8 03810

홈페이지 www.gimmyoung.com   블로그 blog.naver.com/gybook
인스타그램 instagram.com/gimmyoung   이메일 bestbook@gimmyoung.com

좋은 독자가 좋은 책을 만듭니다.
김영사는 독자 여러분의 의견에 항상 귀 기울이고 있습니다.

이기거나 혹은 즐기거나
Une Vie Entre Deux Rives

권지현 옮김

플뢰르
펠르랭
에세이

김영사

몇 주 전 런던에 사는 친구 집에서 저녁을 먹었다. 식사를 함께한 사람 중 두 명은 서양인과 결혼한 한국 여성이었다. 대화는 활기를 띠었다. 국제결혼을 주제로 많은 이야기가 재미있게 오갔다. 서로 다른 교육을 받고 자란 두 사람이 부부로 만나 일상을 함께하다가 대수롭지 않은 일로 겪는 갈등과 오해에 관한 일화들이었다. 어느 순간 이야기는 방향을 틀어 내가 2013년 한국을 처음 방문했을 때로 흘렀다. 친구는 한국에서 내가 한 말을 현지 언론이 많이 다룬 것에 자기 부모님이 많이 놀랐다고 했다.

한국에서 태어나 고아가 된 뒤 1974년, 6개월의 나이에 프랑스로 입양된 이후 한 번도 고향 땅을 밟지 않다가 프랑스 정부 각료가 되어 한국을 처음 가봤다.

한국에 도착해 비행기에서 내리자마자 기자 여러 명이

5

다가와 내게 한국인이라고 느끼는지, 프랑스인이라고 느끼는지 아니면 둘 다인지 물었다.

이 질문에 나는 뭐라고 답해야 할지 몰랐다. 사실 당황했다. 질문한 기자들은 내게 한국인의 정서가 있다는 대답을 기대했을 것이 분명했기 때문이다. 하지만 나는 여느 프랑스인과 마찬가지로 시민권을 철학적 개념으로 받아들인다. 나는 그 시민권에 따라 국가에 속하고 국가의 가치와 문화유산, 정치 철학을 따른다. 프랑스에서 내가 받은 교육과 사랑 그리고 기회는 내 자의식에 깊이 뿌리내렸고 현재의 나를 만들었다. 혈연은 없어도 심정적으로든 이성적으로든 내가 본질적으로 프랑스 사람이라고 말하는 것이 내게는 자연스러운 일이었다.

당시 내가 이런 말을 했을 때 한국에서 어떤 반응을 보였는지는 친구들이 역시 이미 말해주어 나도 알고 있다.

그렇지만 어떻게 내가 2013년에 한국에 애정이 있다고 말할 수 있겠는가. 지금은 나를 두 팔 벌려 환영하지만 한국은 나를 거부한 나라, 나를 사랑하고 가슴에 품어야 했지만 어두운 골목길 모퉁이에 내버린 나라가 아니었던가. 그러니 어떻게 내가 한국을 처음 방문했을 때 사람들이 내게 보여준 애정에 감동할 수 있었겠는가.

한국 대통령도 장관직에 오른 나를 자랑스러워하는 듯했다. 언론이 씌워준 영광의 월계관은 그렇다 쳐도, 내가

6

성공해서 장관이 되어야만 사랑받을 자격이 있는 거라고 나 스스로 생각하지 않을 도리가 있었을까.

내게 한국인의 피가 흐른다는 사실과 내 성공을 연결 짓는 것이 너무 쉬운 선택은 아니었을까? 사실 그 피는 40년 전 버림받은 나를 지켜주지 못했다.

반면 프랑스는 나에게 여권 이상의 것을 주었다. 진정한 가족, 사랑, 변함없는 우정, 문화와 가치 그리고 아무런 타고난 혜택 없이 밑바닥에서 시작해 정부 고위직에 오를 수 있는 놀라운 가능성을 말이다. 이를 알면서 어떻게 내가 두 나라를 단순하게 저울질할 수 있겠는가.

한국인들의 기대를 저버리지 않으면서 이런 심정을 설명할 수는 없었다. 한국 기자들의 기대와 상관없이 '예'나 '아니오'라는 짧은 대답으로 내 복잡한 마음을 압축하는 건 불가능했다.

그렇다 보니 첫 한국 방문은 상반된 기억으로 남아 있다. 내 안에는 한국인이 보여준 애정에 진실로 감동한 마음과, 수십 년 전에 부서져버린 관계는 하루아침에 회복하기 어려우니 복구하려면 시간을 두고 노력해야 한다는 마음이 공존했다.

일곱 살에 한국에서 프랑스로 입양된 지인은 서울에 처음 갔을 때 길거리 소음과 냄새가 익숙하게 느껴졌다고 했다. 아마도 그 친구의 마음과 몸에 깊이 새겨진 기억이 작

용했을 것이다. 혹은 한국과 다시 이어지고 싶다는 무의식
적 의지의 발로였을지도 모르겠다.

나도 그와 비슷한 것을 느낄 수 있었다면 내가 만난 한
국인들에게 감동을 줬을 것이다. 그랬다면 한국인들에게
더 호감을 샀을지도 모른다. 그러나 나는 거짓을 말하고
싶지 않았다. 사실을 포장하고 싶지도 않았다.

나는 내게 시간을 주고 싶었다. 내 속도와 내 상황에 맞
춰 내가 태어난 한국으로 돌아가고 싶었다. 언젠가 책을
써서 내 입장을 설명해야겠다는 생각이 든 것도 이때였다.

런던의 친구 집에서 저녁을 먹던 날 벌어진 또 다른 일
이 책을 쓰겠다는 결심에 쐐기를 박았다. 해외에 거주하는
친구들은 어느 정도 거리를 두고 한국 사회를 평가하는데
그들은 한국의 사회 구조와 관습, 그리고 사회가 돌아가는
방식이 여전히 매우 가부장적이며 특히 여성에게 "엄격하
다"라고 했다.

그 말을 들으니 서울에서 스쳐 지나가듯 만났던 젊은 여
성들이 생각났다. 그들은 롤모델을 만났다고 생각했는지
들떠 보였다. 내게 악수를 청하기도 했고 함께 사진을 찍
자고도 했다.

시간이 지나서야 내가 그 여성들에게 해줄 말이 있을지
도 모른다는 생각이 들었다. 나는 한 번도 나 자신을 성공
의 본보기라고 생각해본 적이 없다. 내 성격 탓일까. 어쩌

8

면 마음속에 억눌린 그 무엇 때문일지도 모르겠다.

내 이야기는 복잡하게 얽혀 있다. 한데 바로 그런 이유로 나는 내 사연이 한국의 젊은 여성뿐 아니라 운명을 극복하려는 모든 사람에게 나름의 도움이 될 수도 있겠다는 걸 깨달았다.

한국인들과 대화를 나누면서, 내가 프랑스에서 어떻게 살았는지 그들이 궁금해한다는 인상을 받았다. 사회와 문화는 근본적으로 다르지만 한국인들은 내 이야기에서 영감을 얻고 싶어 했다. 내가 한국 독자에게 주고 싶은 것도 그런 영감이다.

두 나라의 장단점을 비교하려는 것이 아니다. 프랑스와 마찬가지로 한국에서도 사회적 계층 이동이 제한적이다. 넉넉하지 않은 집안에서 자란 아이는 소위 엘리트 집단에 속할 기회가 매우 적다. 그런 의미에서 내가 걸어온 길이, 독자들이 자기 자신이나 자녀를 위해 미래를 계획하고 심리적 장벽을 극복하는 또 하나의 본보기가 되기를 바란다.

글을 쓰는 것이 쉬운 일은 아니었다. 그런 만큼 이 책이 진정으로 독자들의 가슴을 울리고 인생의 중요한 시기에 도움을 주기를 소망한다. 이 책이 아주 소수의 사람에게라도 완전한 자아실현을 방해하는 걸림돌, 즉 실재하거나 상

9

상한 유리천장을 깨는 데 작은 역할이라도 한다면 그 존재 목적을 다하는 것이리라. 그렇게 타인에게 도움을 주는 것은 무척 기쁜 일이며 이는 내게 '바람직한' 방식으로 한국에 '되돌아온' 기분도 안겨줄 것이다. 여기에 더해 내가 한국에 처음 갔을 때의 입장과 심정을 독자들이 조금 더 이해해주기를 바란다.

다른 사람의 관점에서 세상을 보는 것은 언제나 어렵다. 관점을 바꾸면 불편해지기 때문이다. 그러나 문화와 언어 장벽에 상관없이 보편적 차원으로 나아가게 하는 것은 결국 입장 바꾸기다. 차이의 비밀을 풀어내고 너그러운 마음으로 다름을 받아들이는 것은 우리가 이 세상에서 살아가며 할 수 있는 가장 활력 넘치는 일 중 하나다.

2022년 가을
플뢰르 펠르랭

나는 나와 같은 상황에 놓이지 않은 사람은
이해하기 힘들 법한 질문을 던지고 가정을
세웠다. 그 질문과 가정은 내가 어렸을
때부터 항상 정해진 틀에 맞추고 정해진
길을 걸어가려 노력한 이유를 설명해줄
것이다. 나는 부모님, 더 나아가 프랑스
사회에게 또다시 거부당할 이유를 만들지
않으려고 노력했다. 그러다 보니 타고난
기질을 거스를 수밖에 없었다.

14

서울의 거리에서
파리의 교외로

서울의 거리에서
파리의 교외로

Des ruelles de Séoul
à la banlieue parisienne

나는 1974년 3월 1일 프랑스의 르부르제공항
라운지에서 '태어났다.'

어머니가 나를 처음 가슴에 품은 그날은 눈이 내렸고,
그해 겨울은 유난히 추웠다. 어머니는 털모자가 달린 두꺼
운 외투를 입고 있었다. 서른한 살의 아름다운 갈색 머리
여자는 이미 인생의 쓴맛을 경험했다. 10여 년 전 아버지
와 결혼했지만 자식을 낳아 가정을 꾸리려고 기울인 노력
은 운명의 방해를 받았다.

아기를 안은 어머니 옆에서 아버지와 외할머니 잔, 삼촌
장마리가 분주하게 움직였다. 삼촌은 이 특별한 순간을 흑
백 필름에 담는 임무를 맡았다.

내가 태어났다기보다 '세상에 온 날'이라고 할 수 있는
'도착일'에 찍은 사진들 속에서 어머니는 생명을 출산한
여자의 벅찬 얼굴을 하고 있다. 얼굴에서 빛이 난다.

지금 생각해보니 부모님은 나와 여동생에게 '태어났다'
는 뜻으로 '도착했다'는 말을 자주 사용했다. 나는 10여 명
의 다른 한국 아이들과 함께 프랑스에 입양되기 위해 비행
기에서 막 내린 터였다. 사진 속 나는 생후 6개월로 눈에는
슬픔을 닮은, 알 수 없는 표정이 담겨 있다.

17

사실 나는 1973년 8월 29일 서울에서 태어났다. 입양 서류와 내 신분에 관한 공식 문서에 그렇게 적혀 있다. 나는 서울의 어느 판자촌 거리에서 갓난아기 상태로 발견됐다. 생모는 내가 발견되기 며칠 전(하루 전인지 사흘 전인지 알 수 없다) 나를 낳았다.

내 정확한 생일은 알 수 없고 내게 유전자를 물려준 여인의 신원도 알지 못한다.

세상에 홀로 버려진 그 며칠의 일에 대해서 나는 아무것도 모른다.

나를 낳았지만 기르고 싶지 않았거나 기를 상황이 아니었던 생모를 두고 나는 아무런 상상도 하지 않는다.

마치 이 모든 것이 내 삶과 상관없다는 듯.

나는 아무것도 생각하지 않는다.

내 꿈에는 유령이나 괴물이 등장하지 않는다. 거리에 버려진 약하디약한 아기가 등장한다. 지금의 내게 그것은 견디기 힘든 폭력이다. 내가 태어난 상황과 관련된 정보를 나는 오랫동안 가슴에 품고 살았다. 아마도 나를 보호하려고 그랬을 것이다. 마음 편하게 자라기 위해 그리고 나 자신이 되기 위해 말이다.

나는 당시 세계 최빈국에 속한 나라의 허름한 골목에서 영양 결핍과 수분 부족으로 죽을 뻔했다. 1973년 여름이 끝날 무렵 나는 비영리 단체인 홀트아동복지회에 맡겨졌

18

다. 그다음 서울의 한 가정에 위탁되었는데, 위탁모는 매우 가난했고 아이도 많았다. 그녀의 가족은 흙으로 바닥을 다진 한옥에 살았다.

그런데 왜 이 여자는 나를 거두기로 했을까? 나를 돌봐주면 단체에서 돈을 주었나, 아니면 그저 순수한 선의였을까? 이 질문에도 답은 없다.

그때 나는 '종숙'이라는 이름으로 불렸다. 홀트에서 지어준 듯 촌스러운 이름이다. 종숙? 아버지는 한국 친구에게 종숙이라는 이름의 뜻이 '완벽한 여성'이라는 얘기를 듣고 그걸 믿었던 것 같다. 나는 어른이 되어서야 그 이름이 남편에게 복종하고 헌신하는 여성을 가리킨다는 사실을 알았다. 그래서인지 나는 프랑스 이름인 플뢰르가 훨씬 좋다. 1970년대에 어머니는 노벨상 작가 존 골즈워디John Galsworthy의 동명 소설을 각색한 영국 텔레비전 드라마 〈포사이트가家 이야기The Forsyte Saga〉를 즐겨봤다. 어머니는 등장인물 중 플뢰르 포사이트라는 인물을 특히 좋아했다. 그녀는 약간 속물근성도 있지만 독립적이고 남의 얘기에 끌려다니지 않는, 오늘날로 치면 '터프'한 여성이다. 1960년대 말부터 여성 운동이 활발해지면서 어머니도 첫 아이의 이름으로 강인한 여성의 이름을 선택했다.

19

우리 가족에게는 비밀도 수수께끼도 없다. 부모님은 내

가 아주 어릴 적부터 내가 어디에서 왔는지, 어떤 상황에서 '도착'했는지 다 말해주었다. 그것도 서울 판자촌에서 우리 가족이 사는 파리 교외까지 오게 된 내 여정을 동화처럼 이야기하는 것을 좋아했다. 그런가 하면 부모님이 어떻게 살아왔는지, 어떤 시련을 겪었는지도 우리에게 숨김없이 말해주었다.

아버지 이름은 조엘 펠르랭Joël Pellerin이다. 'Pellerin'이라는 철자를 쓰는 일은 드문 편이다. 17세기 프랑스 지방에 살던 서민이 쓴 성이라는 기록이 남아 있다. 아버지는 1944년 1월 프랑스 서부에 있는 마엔 지방의 생마르스 쉬르콜몽Saint-Mars-sur-Colmont이라는 작은 마을에서 집안의 장남으로 태어났고 '독립 응시자'당시 바칼로레아 지원자가 없는 학교에 등록한 학생은 혼자 시험을 준비해야 했다로 바칼로레아를 받았다.

아버지는 의사가 되는 게 꿈이었다. 하지만 의사라는 직업은 부르주아 계층 자녀만 선택할 수 있다고 믿었다. 당시에는 자식이 아버지의 환자를 물려받았기 때문이다. 시골 초등학교 교사의 아들일 '뿐'이었던 아버지는 의사의 꿈을 접고 핵물리학을 전공했다.

이후 아버지는 파리과학대학Faculté des Sciences de Paris 라듐연구소의 연구교수이자 프랑스 원자력위원회 연구원으로 일했다. 1970년에서 1978년까지는 핵의학 기기 전문회사에서 일하다가 스위스의 생화학과 생리학 연구 기기 전문 기업의 경영자가 되었다. 그리고 1980년대 말부터는 시앙스테크라는 회사를 차려 의학 연구에 필요한 기기를 판매하고 있다. 아마도 아버지는 은퇴할 때까지 이 회사에서 일할 것이다.

어머니 아니Annie는 1943년 4월 파리에서 태어났다. 외할아버지는 급행 화물 운송 전문 기업에서 일했는데 찢어지게는 아니어도 아무튼 가난했다. 외할머니 잔은 라보스 지역의 부유층 가정에서 가사도우미로 일하다가 요리사로 일했고 영화 〈아멜리에〉로 유명해진 르피크가의 빵집에서도 일했다. 그러다가 전업주부가 되어 네 아이를 키웠다.

장녀로 태어난 어머니는 초등학교 졸업장조차 받지 못한 채 열여섯 살에 속기사가 되었다. 어릴 때 학업을 중단한 것은 어머니에게 슬픔으로 남았고 그 상처는 평생 이어졌다.

어머니는 생라자르역 옆에 있는 공증사무소에서 일했다. 어렸을 때 개학이 다가오면 나는 이모와 함께 생라자르역 프렝탕백화점에 가서 학용품을 샀다. 우리는 항상 같은 피자집에서 점심을 먹었고 나는 매번 오징어튀김을 주문했다. 크리스마스가 다가오면 어머니 회사 근처에 있는 백화점 여러 곳에 들러 산타할아버지와 사진도 찍었다. 나는 두 살이던 1976년 한 철도역 개통식에 참석하는 발레리 지스카르 데스탱Valéry Giscard d'Estaing 대통령에게 꽃다발을 전달할 아이로 길거리에서 즉석 캐스팅되었다. 그해에

21

수두도 걸렸다 부모님은 당시 신문에 난 내 사진을 자랑스럽게 간직했다.

어머니가 살아온 길은 자기 일을 희생하고 남편을 뒷바라지한 그 시대 많은 여성이 걷던 전형적인 길이었다. 아버지가 공부를 계속하는 동안 어머니는 생계를 책임졌고, 이후 나와 여동생 자드의 교육에 전념하기 전까지 일을 계속해야 했다.

부모님은 1965년 2월 20일 생드니 성당에서 결혼했다. 아름다운 연애 결혼이었다. 어머니는 공주 같은 웨딩드레스 대신 60년대 분위기가 물씬 풍기는 세련된 흰 정장을 입고 모던한 스타일의 챙 없는 모자를 썼다. 장식이 전혀 없어도 내가 보기에는 매우 우아하다. 하지만 어머니가 웨딩드레스 살 돈도 없었고 성대한 결혼식을 올리지 못해 아쉬워했다는 것을 나는 알고 있다. 결혼 당시 어머니는 임신 중이었다. 사진 속 부모님은 아주 젊어 보인다. 특히 아버지는 아무리 양복을 입고 턱수염까지 길렀어도 조금 어른스러워 보일 뿐 영락없이 열일곱 소년 같은 모습이다.

두 사람은 대서양 연안의 방데 휴양지에 있는 생질크루아드비해수욕장에서 만났다. 열두세 살이었던 두 사람은 해마다 여름이면 만나던 또래들과 어울렸다. 아버지는 모래사장에 큰 구덩이를 팠고 어머니와 어머니의 친구들은 아버지를 놀려먹으려고 애써 파놓은 구덩이를 다시 메우

22

곤 했다. 사춘기를 보내며 이들의 사이는 더 끈끈해지고 우정은 더 단단해졌는데 몇 명은 어른이 되어서도 그 우정을 이어갔다. 스무 살이 되기 전 아니와 조엘은 서로 사랑한다는 것을 깨달았다.

그런데 두 사람에게는 아이를 낳는 것이 쉽지 않았다. 마음은 간절했지만 잔인한 역풍을 맞았다. 입양을 결정하기 전 부모님에게는 '생물학적' 자녀가 둘 있었다. 안타깝게도 딸 제랄딘은 태어난 지 일주일 만에, 아들 시릴은 태어나자마자 하늘나라로 갔다. 부모님은 급기야 병원에서 검사를 받았고 두 사람 모두에게 매우 희귀한 유전병을 일으키는 유전자가 있어서 아이가 태어나도 생존할 수 없다는 사실을 알게 되었다.

1960년대 말 어머니는 세 번째로 임신을 했다. 또다시 시련을 겪기 싫었던 어머니는 당시만 해도 프랑스에서는 낙태가 불법이라 영국으로 건너가 낙태를 했고, 더는 아이를 가질 수 없도록 수술까지 받았다.

이때부터 부모님은 지난한 입양 절차를 시작했다. 관련 행정 부서, 부모가 될 수 있을지 평가하는 심리학자, 주거의 청결과 전체적인 상태를 확인하는 사회복지사들과의 수많은 면접을 견뎌야 했다. 법적 문제를 해결하기 위해 작성해야 했던 서류의 양도 엄청났다. 그 모든 과정을 거친 뒤에야 비로소 행정 당국의 승인이 떨어졌고 '인간의

23

대지Terre des Hommes'라는 단체를 거쳐 한국 홀트아동복지
회와 연결되었다.

그렇게 부모님과 내가 만났다. 부모 없는 어린아이인 나
와 자녀가 없는 부모님이 만나 서로의 결핍을 채운 것이
다. 나는 새로운 가족과 함께 프랑스도 만났다.

아버지는 어렸을 때 그 세대의 많은 프랑스 남자처럼 마
을 성당의 복사였다. 어머니도 가톨릭 신자였다. 젊었을
때는 두 분 모두 성당에 열심히 다녔지만 두 아이를 잃은
뒤에는 믿음도 잃었다. 그래도 부모님은 내가 꼭 세례받기
를 원했다. 세례식이야말로 내가 당신들의 삶에 들어왔음
을 엄숙하게 기릴 방법이었기 때문이다.

세례식은 조부모님과 외조부모님이 살던 생질크루아드
비의 시청에서 진행했다. 시청에서 열린 공화국 세례식이
었다. 그러니까 아담한 시청에 마련한 결혼식장에 걸린 지
스카르 데스탱 대통령 사진 밑에서 공화국 도유식塗油式 : 병
을 낫게 하고 악마를 쫓기 위해 신성한 힘을 불어넣는 종교 의식으로 몸에 기름을 바른다을 치렀
다. 그때가 1974년 7월이었다. 사실 나는 이곳에서 공화국
세례를 받은 첫 아이라서 시의 세례자 명부 첫 줄에 내 이
름이 적혀 있다.

집안 형편은 넉넉했지만 부유하지는 않았다. 우리는 1970년
대 말에 중산층이 되었다. 그때까지는 파리 교외 몽트뢰유
의 공공임대주택에서 살았다. 부모님은 설계도만 보고 아

24

직 지어지지도 않은 아파트를 구입했고, 내가 세 살 때 그 아파트에 들어가 열두 살이 될 때까지 살았다. 그다음에는 베르사유 남동부의 노동자 거주 지역이던 포르슈퐁텐에 새로 집을 지어 이사했다. 포르슈퐁텐에서 부유한 집들은 프랑스의 전설적 왕궁인 베르사유궁과 훨씬 가까운 곳에 있었다.

어렸을 때 찍은 사진을 보면 나는 절대 울지 않는 얌전한 아이였다. 주름치마나 베이지색 사파리 재킷을 항상 정갈하게 입었고 두껍고 뻣뻣한 새까만 머리에 어머니가 잘라준 앞머리가 유독 눈에 띄었다. 푸조 504의 형편없는 갈색 인조가죽 좌석에 앉아 인형을 들고 있는 사진도 있고, 여름에 당시 유행하던 커다란 선글라스를 끼고 머리에 컬러풀한 체크무늬 스카프를 두른 사진도 있다.

젊었을 때 마음껏 여행할 형편이 아니었던 부모님은 조금만 여윳돈이 생겨도 잃어버린 시간을 보상하기라도 하듯 여행을 즐겼다. 겨울에는 온 가족이 스키장에 놀러가 스키를 배웠고 여름에는 해외로 가서 타 문화를 익혔다. 일곱 살 때는 지중해의 크레타섬에 갔다. 내게는 이것이 '여행다운 첫 여행'이었고 비행기도 그때 처음 타보았다. 서울에서 파리로 이동할 때 비행기를 타기는 했지만 그때의 기억은 당연히 남아 있지 않다.

크레타섬 여행의 몇 장면은 지금도 매우 강한 기억으로

25

남아 있다. 하강할 때 흔들리던 비행기, 무사히 착륙하자 손뼉을 치던 승객들, 그때는 사람들이 도착지에 무사히 데려다준 조종사에게 진심으로 고마워했다 얼굴에 고생한 흔적이 역력한 늙은 농부가 검은 베로 만든 두꺼운 옷을 입고 당나귀를 타고 시장에 가던 모습, 그가 건넨 작은 빵의 신맛, 수영장 가장자리에 앉아 참을성 있게 내 머리를 레게 머리로 따주던 어머니…….

입양 절차가 무척 까다롭고 부모님도 나이 들기 시작했지만 부모님은 아이를 더 입양하려는 뜻을 굽히지 않았다. 그러나 많은 희망이 좌절되고 쓸쓸하게 거절과 실패를 삼켜야 하는 시간이 10여 년이나 흘렀다.

어머니의 비극적인 임신에 대한 기억은 분명 부모님의 가슴에 무의식적으로 계속 살아 있었을 것이다. 부모님은 스리랑카에 사는 여자아이 탁실라의 입양 가능성을 두고 오랫동안 희망을 품었으나 탁실라는 결국 내 여동생이 되지 못했다. 이후 부모님은 3주 동안 칠레에 머물면서 아이들이 꽉꽉 들어차고 시설도 열악한 보육원을 여러 곳 방문했다. 그러던 중 당시 권력을 쥔 칠레의 독재자 아우구스토 피노체트가 갑자기 국제 입양을 중단한다고 발표했다. 칠레의 국제적 위상이 추락한다는 게 그 이유였다. 결국 부모님의 오랜 시도는 모두 실패로 돌아갔다.

그러다가 1986년 최정아라는 이름의 한국 여자아이가 고대 끝에 우리에게 왔다. 네 살 반이었던 정아는 몸집이

26

작고 사랑스러운 아이였다. 프랑스에 올 때 정아는 이미 힘든 일을 겪은 뒤였다. 보살핌을 받기는커녕 오히려 학대 받은 아이였다. 무릎은 상처투성이였고 상처가 잘 아물지 않아 곪고 있었다. 예쁘고 긴 머리카락 속에는 상상할 수 없을 정도로 많은 이가 살고 있었다.

곪아 터진 상처와 이를 발견하자마자 어머니는 곧바로 약국으로 달려갔고 그사이 나는 정아를 돌보았다. 정아는 베란다 난간을 붙잡고 먼 곳을 바라보며 작은 소리로 "아파, 아파"라고 했다. 아는 사람 한 명 없고 말 한마디 알아들을 수 없는 지구 반대편으로 온 아이의 심정은 어땠을까?

한국에서 그렇게 하라고 시켰는지 정아는 말을 잘 들으려고 애썼다. 또다시 운명의 장난에 맡겨진 자신의 처지가 얼마나 불안한지 무의식적으로 알았던 것 같다.

정아는 '자드Jade'라는 프랑스 이름으로 불렸는데 어머니는 자드의 머릿결이 좋아서 절대 자르려고 하지 않았다. 이가 득실거려 짧게 자르는 것이 훨씬 편했을 텐데도 말이다. 어머니는 머리를 자르면 자드가 충격받을까 봐 염려했다. 그래서 자드를 욕조에 앉히고 몇 시간이나 머리를 감기고 빗겨주었다. 그러는 동안 나는 장난감을 가지고 자드와 놀아주려고 애썼다.

자드는 통증, 고향을 떠나온 것, 무겁게 짓누르는 두려

27

움에도 불평 한마디 하지 않았다. 물론 전에는 이보다 더 심한 일을 겪었을 것이다. 매일 밤 자드는 잠들기 전에 한국어로 기도를 했다. 나도 무슨 뜻인지 모르면서 소리만 듣고 따라 할 정도로 익숙해졌다.

자드를 보면서 생후 6개월에 입양되는 것과 다섯 살이 다 되어 입양되는 것은 하늘과 땅 차이라는 걸 깨달았다. 또 과거의 짐이 아예 없는 것이 더 낫다는 사실도 실감했다.

자드는 나를 감탄하며 바라보았다. 서울을 떠나 파리 공항에 도착했을 때 외모가 비슷한 내가 자기 어머니인 줄 착각할 정도였다.

13년 동안 외동딸로 큰 내게 자드는 애처로움의 대상인 동시에 질투의 대상이었다. 자드가 부모님의 관심을 독차지했기 때문이다. 물론 자드의 과거를 보면 지극히 당연한 일이었다. 어머니의 노력으로 자드가 프랑스에서 평범한 교육 과정을 마친 것은 기적 같은 일이었다. 그만큼 그것은 결코 쉬운 일이 아니었다.

프랑스에 도착했을 때 프랑스어를 한마디도 할 줄 몰랐던 자드는 몇 개월 만에 어린이집 상급반에 들어가야 했다. 지금도 생각나는데 어머니는 자드에게 여러 물건을 보여주면서 단어를 수없이 반복해서 말하도록 했다, 하루도 빠짐없이. 자드는 조바심을 내는 법이 없었다. 비록 발음은 서툴지만 열 번이고 백 번이고 끊임없이 반복하면서 완벽하게 발음할 때까지 연습했다.

프랑스에 도착하고 몇 주가 지난 어느 날, 자드는 우리가 지켜보는 앞에서 모래를 가지고 놀고 있었다. 그런데 갑자기 벌떡 일어나더니 어머니에게 달려가 그 작은 몸으로 두 팔을 벌려 어머니를 힘껏 껴안는 것이 아닌가.

우리는 뜨거운 눈물을 흘렸다. 자드가 드디어 우리를 받아들인 것이다. 이제 행복하다고, 정말로 가족이 생겼다는 느낌이 든다고 말하고 싶었던 것이리라. 그때를 생각하면 지금도 심장이 아려온다.

어머니는 비록 일찍 학업을 중단했지만 우리를 교육하는 데는 열성을 다했다. 덕분에 자드는 6개월 만에 프랑스어를 완벽하게 말하고, 글자도 읽기 시작했다. 그래서 다섯 살에 어린이집의 마지막 학년에 들어갔고 제때 초등학교에 입학해 문제없이 다닐 수 있었다.

어렸을 때 우리가 달랐던 점이 하나 있다면, 그것은 태어난 나라와 입양에 관해 가진 관점이었다. 자드는 한국에서 겪은 일 때문에 한국을 멀리할 수 있었지만 나보다 더 '애국자'였다. 1988년 서울에서 열린 하계 올림픽 때도 자드는 한국 육상선수들을 응원했고 나는 프랑스 선수들을 응원했다.

하지만 한국을 향한 자드의 애정은 자드가 프랑스의 삶에 점점 녹아들면서 희미해졌다. 성인이 된 지금 자드는 한국

29

이야기를 거의 하지 않는다. 남편과 함께 여행을 많이 다녔
지만 자신이 태어난 나라에는 한 번도 가지 않았다.

 2004년 내가 딸을 낳으면서 어머니와의 관계에 중요한
변화가 생겼다. 내가 처음 아이를 안은 순간 마치 화학 침
전물이 생기는 것처럼 '이것이 가족이구나' 하는 느낌이 즉
각 다가왔다. 그것은 형용할 수 없는 혈육의 느낌이었다.
 그 순간 나는 어머니가 얼마나 큰 비극을 겪었는지 이해
했다. 나아가 왜 당신의 삶을 가족에게 바치기로 했는지,
왜 우리가 길을 건너거나 밥을 먹고 바로 바다에 뛰어들거
나 더 나이가 들어 저녁에 나이트클럽에 간다고 하면 병적
으로 불안에 떨었는지 이해했다. 왜 그렇게 우리를 과잉보
호했는지 말이다.
 어머니는 방금 아이를 출산한 나에게 "네게 보여줄 게
있어"라고 말했다. 그러고는 가방에서 낡은 사진 한 장을
꺼냈다. 갓난아기의 흑백 사진이었다. 그때까지 한 번도
보여준 적 없는 사진이었다.
 사진 속 갓난아기는 태어난 지 일주일 만에 죽은 어머니
의 딸 제랄딘이었다. 벌써 40년 전의 일이다. 어머니는 그
사진을 내내 간직했다. 나와 자드 이전에 두 아이가 있었
다는 사실을 잊지 않으려 한 것이다. 그 아이들을 얘기할

30

때 어머니는 항상 '내 아이들'이라고 말했다.

아이를 잃은 상처는 회복되지 않는다. 그저 가슴에 묻고 살아갈 뿐이다. 그 고통을 드러내거나 표현한 적은 드물지만 어머니는 거의 평생 동안 만성적인 우울증을 앓았다. 치유되지 않은 트라우마가 그 원인 중 하나일 것이다. 나도 엄마가 되면서 처음으로 어머니가 느끼는 고통의 크기를 체감했다.

그러고 보니 이상한 기억이 떠오른다. 매년 11월 1일 만성절이 오면 우리 가족은 생드니묘지에 들렀다. 어렸을 때는 그것을 평범한 외출로 여겼다. 박물관과 영화관에 가거나 외식하러 가는 일 정도로 생각했던 것이다. 특별히 우울하거나 슬픈 분위기가 아니었고 오히려 그곳에 가는 걸 좋아했던 기억이 난다.

우리는 작은 무덤들을 닦고 화분에 싱싱한 꽃을 심어놓았다. 꽃을 심은 다음에는 항상 내가 물뿌리개를 받았는데 나는 신이 나서 수돗가로 뛰어가 물을 받아왔다. 그렇게 나는 오랜 세월 제랄딘과 시릴을 만나러 갔다. 이 세상에 잠시 왔다가 간 두 아이는 부모님의 마음에 우리보다 먼저 가 있었고, 그 아이들 덕분에 나와 자드는 삶에서 뜻밖의 전환을 맞았다.

부모님은 그 채무의 무게를 우리에게 한 번도 지우지 않았고 그것을 느끼게 하지도 않았다. 그래도 마음의 빚은

31

우리 자매의 인생 한구석에 영원히 새겨져 있을 것이다.

　여기까지가 내 출생과 관련된 이야기다. 한국에서 프랑스에 오기까지의 내 여정이 그동안 내가 얘기해온 것보다 훨씬 더 고통스러웠으리라는 사실을 받아들이지 않고 나는 껄끄러운 것은 오랫동안 못 본 척하고 살았다.
　정부에 입각하기 얼마 전 나는 매우 고통스러운 시기를 보내고 있었다. 그 기간이 꽤 길었는데 지금도 왜 그랬는지 완벽하게 설명할 수 없다. 정신분석학 이론에 따르면 내가 태어나서 보낸 첫 몇 개월이 그 원인일 수 있다.
　그때 내게는 모든 것이 무의미했다. 내가 하는 일, 나라는 사람, 내가 가진 모든 것이 쓸데없어 보였다. 때로는 내가 하는 활동과 만나는 사람들이 참을 수 없을 만큼 힘든 제약으로 다가왔다. 과거와 미래를 통틀어 내 삶 전체가 무의미하고 허망해 보였다. 나 자신에게 어떤 존재 이유를 찾아주려 했지만 허사였다. 나는 2년 가까운 시간을 이런 우울한 생각에 사로잡혀 살았다. 이 기간에는 정부에 입각한 초기와 2011년 말에서 2012년 초까지 이어진 대선 선거 운동도 포함되어 있다. 당시 나는 디지털 담당 대변인이었다.
　돌이켜 보아도 내가 앓은 심각한 우울증의 정확한 원인

32

을 찾기 힘들다. 딸아이에게 '평범'하고 안정적인 가정을 만들어주지 못했다는 죄책감을 느끼기 시작한 것도 한몫 했을 것이다. 그사이 2005년부터 사귀어온 남자와 재혼하고 그 사람이 아이를 친부처럼 길러주면서 조화로운 가정을 다시 꾸리기는 했지만 말이다.

어쩌면 아이에게서 친부를 빼앗았다는 생각이 무의식적으로 내가 버림받았다는 사실과 연결되면서 오랫동안 말없이 앓고 있던 출생과 관련된 상처를 건드렸을지도 모른다.

나는 그것이 상처였음을 항상 부인했기 때문에 상처를 의식하지 못한 채 아프기만 했다. 자신의 운명을 한탄하기만 하는 사람에게 공감하기 어려운 나로서는 그런 고통을 받을 수 있다는 사실을 인정하기가 쉽지 않았다.

상처를 치유하려는 생각은 더더욱 할 수 없었다. 지금은 친부모에게 버림받은 아이는 아무리 친가족처럼 아껴주는 양부모 밑에서 커도 다른 성인들과 똑같이 자랄 수는 없다고 생각한다.

얼마 전 아니사 본느퐁Anissa Bonnefont이 감독한 영화 〈원더보이〉(2019)를 보았다. 올리비에 루스텡Olivier Rousteing에 관한 아주 훌륭한 다큐멘터리였다. 패션 브랜드 발망의 아트 디렉터인 루스텡은 태어나자마자 프랑스 가정에 입양되었고 친모를 찾고 있었다. 그는 자신을 촬영하는 카메라 앞에서 갑자기 자신이 '세상에 온' 이유가 무엇인지, 그 답을 찾고 있다고 털어놓았다.

정확히 뭐라고 했는지 기억나진 않지만 그는 이와 비슷한 얘기를 했다.

"부모가 나를 낳고도 원하지 않는다면 내가 세상에 나온 이유가 뭘까요?"

정신의학과 심리학을 다룬 많은 책이 생애 첫 순간이 얼마나 중요한 역할을 하는지 강조하고 있다. 그때는 세상 그리고 타인과 관계를 형성하는 시기라고 한다. 갓난아기는 태어나 첫 몇 주 동안 촉각과 목소리로 어머니가 주는 조건 없는 사랑을 무의식적으로 느낀다.

어머니는 아이에게 어른이 되어 균형 잡힌 삶을 살아가는 통행권이 아니라 언제 깨질지 모르는 삶의 불안함을 떨치기 위해 매달릴 수 있는 닻을 준다. 버림받은 아이에게는 매달릴 만한 닻이 없다. 그저 어머니와 아이의 관계처럼 강렬하고 밀접한 관계는 깨뜨리거나 부정할 수 없다는 사실에만 매달릴 수 있을 뿐이다.

버림받은 아이의 애정, 사랑, 충심, 절개, 신뢰 능력은 자신의 존재가 조건 없이 받아들여져 스스로를 확신하는 사람에 비해 훨씬 더 혼란스럽고 나약한 기반에서 자랄 수

34

밖에 없다.

그 탓에 버림받은 아이는 자기 존재를 거부당하면서 받은 상처를 치유하려고 평생 큰 노력을 기울인다. 자신의 존재 이유와 존엄성을 어떻게 해서든 정당화하고 싶기 때문이다.

내 친모는 나를 기를 수 없었거나 기르기를 원하지 않아 모르는 사람에게 나를 버렸다. 내가 그 과거와 마주한 것은 몇 년 되지 않았다. 그런 과거를 인정한 뒤에 조건 없는 사랑을 믿는 게 가능할까? 나를 사랑한다고 말하는 사람의 진심을 의심하지 않을 수 있을까?

나는 너무 일찍 세상을 떠난 아이들이 남긴 빈자리를 채우기 위해 입양되었다. 그 아이들이 살아남았다면 나는 어떻게 되었을까? 부모님을 사랑하는 내 마음 한구석에 부모님을 향한 갚을 수 없는 채무 의식이 있다는 것을 어떻게 떠올리지 않을 수 있을까?

나는 나와 같은 상황에 놓이지 않은 사람은 이해하기 힘들 법한 질문을 던지고 가정을 세웠다. 그 질문과 가정은 내가 어렸을 때부터 항상 정해진 틀에 맞추고 정해진 길을 걸어가려 노력한 이유를 설명해줄 것이다. 나는 부모님, 더 나아가 프랑스 사회에게 또다시 거부당할 이유를 만들지 않으려고 노력했다. 그러다 보니 타고난 기질을 거스를 수밖에 없었다.

나는 개인적인 성향이 매우 강하다. 또 항상 색다른 걸 좋아하고 노력보다 당장 눈앞에 있는 즐거움을 선택하는 편이어서 늘 신경 쓰며 살아야 했다.

입양아 중에는 아주 어렸을 때 입양 부모가 자신을 '돌려보낼까 봐' 두려워 사람들의 기대에 맞춰 행동했다고 말하는 사람이 많다. 나는 그런 불안을 느낀 기억이 없지만 어쩌면 내 무의식 속 어딘가에는 그 두려움이 웅크리고 있었는지도 모른다.

다만 내가 늘 규칙을 잘 지키려고 신경 쓴 사실은 지금도 뚜렷하게 기억한다. 이를테면 학교 친구들과 최대한 비슷해지려고 했다. 생김새가 달라 항상 눈에 띄었고 그 차이는 없앨 수 없었기에 더 그랬던 것 같다. 어른이 되어서도 그런 신경증의 증상 하나는 완전히 사라지지 않았다.

나는 사람들이 입양 얘기를 꺼내면 극도로 불편해진다. 특히 다른 입양아가 입양을 매개로 나와 공통점을 찾으려 할 때는 더 심해진다. 나는 입양이나 출생으로 나 자신을 정의하지 않기 위해 무척 노력했다. 모르는 사람들이 그 얘기를 자꾸 꺼내는 것은 더욱더 싫었다. 예를 들면 프랑스 대사를 지낸 분이 프랑스에 입양된 한국인들이 모여 만든 단체인 '한국의 뿌리'라는 뜻의 '라신 코레엔Racines coréennes'를 소개해주겠다고 했을 때 얼마나 당황했는지 모른다.

나는 '입양' 부분을 다른 사람과 공유하고 싶지 않다. 나는 나 자신에게 매우 솔직한 사람이라 그런 불편함과 당혹감이 무엇인지 인정했다.

그것은 바로 수치심이었다. 잘못된 경로로 세상에 진입한 사람이라는 부끄러움, 부모가 원하지 않은 열등한 사람이라는 수치심, 키우기 힘들어 내다 버린 짐승처럼 운명에 맡겨진 사람이라는 부끄러움이었다. 그 감정은 사랑과 사회적 성취 덕분에 약해지고 무뎌졌지만 완전히 지워지지는 않았다.

나는 지금도 스쳐 지나가듯 수치심을 느끼곤 한다. 병원에 가면 가족력을 물어보는데 입양되어 아무것도 모른다고 대답할 수밖에 없는 그런 순간에 말이다.

내 출생과 관련된 한 가지 이야기도 수치심을 더욱 강화한다. 그것이 사실인지 아니면 가족사의 비극적인 면을 강조하려고 만들어낸 이야기인지 모르겠지만 아무튼 그것은 부모님이 홀트아동복지회에서 전해 들은 이야기다. 지나가던 행인이 쓰레기통 위에 버려진 나를 발견했다는 것이다.

홀트아동복지회가 악의를 품고 이 이야기를 한 것은 아니라고 본다. 부모님도 이 이야기를 뭔가 기적 같은 일로 받아들였을 것이다. 열악한 내 탄생 배경과 그 이후에 내가 이루어낸 일들이 선명하게 대비되니 말이다. 내가 '그곳'에 머물 때의 운명과 입양으로 맞이한 운명은 그만큼

37

차이가 컸다.

부모님이 보기에는 내 삶의 여정이 뭔가 행복하게 끝나는 동화 같은가 보다. 그 이야기가 내 자존감 형성을 얼마나 힘들게 했고, 더 나아가 불가능하게 했는지는 생각조차 못 했을 게 분명하다.

나는 행복한 어린 시절을 보냈다. 누가 봐도 '이상적인' 어린 시절이었다. 부모님은 사랑과 관심이 넘쳤고 조부모님들도 나를 다른 손주들과 차별 없이 애지중지했다. 나는 부족함을 모르고 자랐다. 친자식과 다른 대우를 받는다는 생각은 한 번도 해본 적이 없다.

부모님은 내가 필요로 할 때면 언제나 내 곁에 있었다. 내가 서른이 넘어 18개월밖에 되지 않은 딸의 아버지와 갈라서겠다고 했을 때도 마찬가지였다. 정부 부처의 고위직에 발탁되었을 때도 나는 물질적으로나 정서적으로나 늘 부모님의 도움을 받았다. 부모님의 물 샐 틈 없는 지지와 내 미래에 대한 믿음이 없었다면 오늘의 나는 없을 것이다.

어머니는 친구들이나 주변 사람들에게 "이 아이가 특별한 인생을 살 거라는 걸 알았어."라고 말하고는 한다. 그런 어머니를 보면 로맹 가리Romain Gary의 소설《새벽의 약속La Promesse de l'Aube》에서 화자의 어머니가 부드러우면서도 단호하게 "너는 영웅이 될 거야. 장군, 프랑스의 가브리엘레 단눈치오, 프랑스 대사가 될 거야"라고 말하는 장면이 떠오른다. 내게 보인 어머니의 끝없는 믿음이 있었기에 내가 어릴 때 버려진 아이라는 비극적인 상황을 정신적 문제 없이 무사히 지나올 수 있었으리라.

한국에 한 달 가까이 머물렀어도 나는
여전히 서울 거리를 다니며 이국의 낯선
느낌을 받는다. 마치 나와 다르게 생긴
사람들로 둘러싸인 느낌이다. 내게 익숙한
환경과 닮은 점이 하나도 없는 이곳에서
나는 이방인이다. 정말 이상한 감정이지만
나는 내 겉모습이 아시아인과 다르다고
느낀다. 웃기게 들릴 수도 있으나 나는 내가
백인이라고 느낀다.

40

거울에 비친
백인 여자아이

거울에 비친
백인 여자아이

Une petite fille blanche
dans le miroir

한국에 한 달 가까이 머물렀어도 나는 여전히 서울 거리를 다니며 이국의 낯선 느낌을 받는다. 마치 나와 다르게 생긴 사람들로 둘러싸인 느낌이다. 내게 익숙한 환경과 닮은 점이 하나도 없는 이곳에서 나는 이방인이다. 정말 이상한 감정이지만 나는 내 겉모습이 아시아인과 다르다고 느낀다. 웃기게 들릴 수도 있으나 나는 내가 백인이라고 느낀다.

이는 내가 두 가지 영향을 받은 탓이다. 하나는 내가 받은 '동화주의assimilationnisme' 중심 교육이고, 다른 하나는 프랑스의 공교육 전반에 스며든 보편주의의 이상이다.

부모님은 내 차이를 부정하거나 감추지 않았지만 그것이 논의의 대상이 되지 않도록 나를 키웠다. 그 전략이 성공했기에 나는 내가 다르다는 사실을 잊었고 거의 부모님의 친딸로 느꼈다.

계몽시대에 탄생한 보편주의는 프랑스의 철학과 법률의 기본 원칙을 세운 근간이다. 내가 더 크자 이 보편주의는 나 자신을 육체적으로 그리고 정신적으로 프랑스 사람으로 여기게 했다. 이러한 정치적 가치는 요즘 미국 대학에서 들어온 해체주의 흐름노동주의, 캔슬 컬처, 상호교차성, 젠더 연구 등 때문에 자주 논란이 되고 있다.

나는 보편주의 가치가 더 중요하다고 생각한다. 누군가를 만나면 나는 항상 우리가 같은 인간이라는 관점으로 상대를 대하지 인종, 문화, 젠더, 종교, 성적 지향성 같은 '작은 차이에 따른 이기주의' 관점으로 대하지 않는다.

내가 어렸을 때 부모님은 길거리에서 왜 다른 나라의 아이를 입양했느냐는 질문을 받을 때마다 충격을 받았다. 부모님이 나를 입양한 데는 아이를 갖고 싶은 차원을 넘어 가난한 나라의 아이를 구제하려는 행동주의적 동기 같은 것도 작동했다.

나를 선택한 부모님은 사람들의 질문과 비난의 눈길을 맞닥뜨려야 했다. 부모님과 내가 전혀 닮지 않았다는 사실 또한 받아들여야 했다. 당신들의 딸이 어머니의 얼굴과 몸과 자신을 동일시할 수 없으리라는 것도 말이다. 우리는 유전자와 피로 운명이 얽혀 있는 다른 평범한 가족과 똑같은 척할 수 없었다. 어머니는 내 친모가 아니었고 아버지도 내 친부가 아니었기에 그 사실은 보기만 해도 금방 알아차릴 수 있었다.

44   하지만 어머니는 내게 종종 말했다.

"너는 내 몸이고 내가 낳은 것 같은 딸이야."

어렸을 때는 내가 어머니 뱃속에서 나왔다는 상상을 했다. 그래서 내 피부색을 잊을 정도로 완전히 동화했는지도 모른다. 그와 함께 부모님과 나를 동일시할 수 없다는 사실과 주위에 나를 닮은 사람이 한 명도 없는 환경이 아주 어릴 적부터 나도 모르게 내 성격에 영향을 미친 것 같다.

나는 누구를 본받아야겠다고 생각한 적이 없다. 사람들이 내게 영감을 준 인생의 멘토가 누구였는지 자주 묻는데 뭐라고 답해야 할지 모르겠다. 내가 좋아하고 존경하는 사람이 없어서가 아니라 윗 세대나 다른 누군가를 기준으로 나를 바라보는 것이 힘들기 때문이다.

이것은 어린 시절 육체적 동일시가 어려웠던 탓이리라. 나는 본보기 없이 자유롭게 살아가는 것을 좋아한다.

나는 부모님을 닮지 않았다. 초등학교는 사회적·인종적 다양성을 확보한 공립학교였지만 거기서도 나는 학급 친구들과 닮은 점이 없었다. 더구나 '꽃'이라는 뜻인 '플뢰르'라는 특이한 이름값도 치러야 했다. 내 이름은 항상 관심 대상이었다. 내 친구는 대부분 아녜스, 카린, 스테파니처럼 이름이 평범했지만 나는 아니었다.

그때 나는 규범에 녹아드는 걸 좋아했다. 차이점은 모두 지워지기를 바랐다. 쉬는 시간에 아이들이 나를 중국인이라고 놀리지 않기를 바랐다.

그런 일은 가끔 벌어졌는데 이는 인종 차별을 당한 몇 안

45

되는 기억 중 하나다. 한참 뒤의 일도 있다. 내가 장관으로 있을 때 한 주간지 기자가 나를 '게이샤'라고 표현했다. 성차별과 외국인 혐오를 기가 막히게 결합한 말이 아닐 수 없다.

프랑스에도 인종차별은 있지만 아시아인은 종종 '긍정적' 차별을 당했다. 아시아인은 흔히 부지런하고 얌전한 모범생으로 취급받는다. 이는 프랑스에 사는 많은 아시아인이 1970년대 중반 정치적 이유로 인도차이나반도를 떠난 '보트피플' 출신이라는 현실 때문이기도 하다. 이들은 자녀 교육에 힘을 기울이며 프랑스 사회에 빠르게 편입하려 했다.

사람들은 은연중에 나를 그런 경우로 본 것 같다. 프랑스인은 지역마다 다른 아시아인의 특징을 잘 구분하지 못한다. 상황은 2000년대 초반부터 달라졌다. 아시아인, 그중에서도 중국인이 경제적 이유로 이민을 택했기 때문이다. 그런데 코로나19 사태가 벌어지면서 중국인 차별이 심해졌고 그것이 확대되거나 그것에 동류화하면서 최근 다른 아시아인까지 전례 없는 언어폭력과 신체폭력의 피해를 보고 있다.

·

46   어렸을 때 나는 존재감을 드러내지 않으려 했고 다른 사람과 구별되는 일을 피했다. 키가 작았던 나는 무엇보다

군중 속에 묻히고 싶었다. 어머니가 골라준 원피스나 스웨터가 눈에 띄는 색이면 그걸 입고 불편해하기도 했다. 친구들 사이에 유행하는 브랜드 옷은 너무 비쌌고 우리 집은 그런 것이 불필요하고 무의미한 소비라는 분위기가 지배적이었다. 나는 한 번도 '유행'을 따른 적이 없다.

어른이 되자 나는 내 스타일대로 유행을 따랐다. 내 패션 취향은 어머니나 가까운 지인의 옷 입는 습관에 전혀 영향을 받지 않았다. 어머니는 옷을 아주 잘 입는 편이었는데도 말이다. 어머니는 젊을 때 파리 교외의 한 도시에서 개최한 미인 대회에서 상까지 탈 정도로 예뻤다. 여성스러우면서도 단호한 성격이 드러나는 얼굴선을 보고 사람들은 초록 눈의 엘리자베스 테일러 같다고 말했다.

어머니는 장롱 속에 상자 하나를 보관했는데, 그 속에는 미인 대회 당시 유명한 스튜디오 아르쿠르Studio Harcourt: 1934년 라크룩스 형제가 세운 세계에서 가장 오래된 흑백 사진관 스타일로 찍은 흑백 사진이 들어 있었다. 특히 1960년대에는 경제적 여유가 없었음에도 불구하고 어머니는 가족 앨범 속 사진에서 아주 우아한 모습으로 등장한다. 그렇지만 나는 어머니에게 옷 입는 스타일을 물려받지 않았다.

사춘기 시절 나에게 아름다움과 고급스러움의 아이콘은 로렌 바콜, 그레이스 켈리, 티피 헤드런, 오드리 헵번 등 할리우드의 전성기를 대표하는 미국 스타였다. 뉴룩 스타

47

일의 원피스, 잘록한 허리를 강조한 투피스, 무릎 바로 밑까지 오게 선을 맞춘 펜슬 스커트는 내게 우아함의 절정을 상징했다.

열네다섯 살 즈음 나는 흠모하는 영화배우들의 사진을 잡지에서 오리거나 전문 숍에 직접 가서 사 모으기 시작했다. 벼룩시장에서는 여배우들의 스타일을 따라 할 수 있는 액세서리를 푼돈에 살 수 있었다.

얼마 전 이사할 때 그 시절에 산 물건이 몇 개 나와서 재미있는 시간을 보냈다. 행복했던 시간들이 떠올랐다.

열일곱 살에 그랑제콜 준비반에 다닌 나는 교외에서만 살다가 처음 파리를 접했다. 매주 5구와 6구에 있는 전설적인 영화관 악시옹 크리스틴Action Christine, 르플레 메디시스Reflet Médicis, 샹폴리옹Champollion을 드나들었다. 카르티에 라탱Quartier Latin의 실험 영화 극장에서 상영한 에른스트 루비치Ernst Lubitsch, 하워드 혹스Howard Hawks, 히치콕의 작품은 1년 만에 모두 섭렵했다. 미국의 대여배우들은 세련미의 정수다. 나는 〈소유와 무소유To Have and Have Not〉에 나온 로렌 바콜Lauren Bacall을 따라 하려고 담배까지 배웠다.

명품 옷을 처음 사 입은 건 그로부터 한참 뒤의 일이다.

1990년대 말 런던의 중고 판매점에서 우연히 발견한 샤넬의 빈티지 칵테일 드레스가 생각난다. 160파운드나 했기 때문에 사기 전까지 한참 고민했다. 그때 160파운드는 나에게 어마어마한 돈이었다. 그 드레스를 안 입은 지는 꽤 되었지만 버리지 않고 여전히 옷장 속에 보관 중이다. 굉장히 애착이 가는 옷이라 평생 못 버릴 것 같다.

지금은 옷장에 옷이 넘쳐난다. 개중에는 25년 전에 산 옷도 있다. 셀린, 구찌, 디올 같은 명품 옷과 자라에서 산 옷, 재래시장에서 단 몇 유로를 주고 산 옷들이 나란히 걸려 있다.

나는 믹스매치를 선호하며 특히 프랑스에서 만든 아름다운 옷과 '하이 스트리트' 패션을 좋아한다. 얼마 전부터는 빈티지에 빠져 명품 빈티지 판매 사이트인 베스티에르 콜렉티브에서 꽤 많은 시간을 보내고 있다.

여담이지만 나는 내가 심사위원장을 맡은 칸 국제 시리즈 페스티벌Canne Series에 갈 때 샤넬, 부슈라 자라르, 라비 카이루즈가 협찬하는 파티 드레스를 입을 수 있는 걸 행운으로 생각한다. 하지만 시간이 흐르면서 캐주얼 차림이 더 편해졌다. 주말이면 핏 좋은 청바지에 아디다스 스탠 스미스를 신고 나간다. 내 몸과 이미지를 15년 전보다 더 편안한 마음으로 대하는 것은 행운이다.

49

옷과 화장은 온갖 종류의 콤플렉스를 숨기려는 갑옷이 아니다. 최근 한국에 가면서 이 문제를 깊이 생각해봤다. 한국에서는 외모가 사회 활동에 중요한 영향을 미친다고 들었다. 가끔은 내가 한국에서 언론과 대중의 관심을 불러일으킨 것도 어쩌면 패션이 큰 역할을 한 게 아닌가 싶을 정도다.

2022년 초에 〈여신강림〉이라는 유명한 웹툰을 알게 되었다. 내가 줄거리를 알고 싶어 하자 한 한국 친구가 한국 사회에서 통용되는 미의 기준에 따르면 쌍꺼풀이 필수라고 했다. 좀 이해가 가지 않았지만 어쨌든 내게는 쌍꺼풀이 있으니 기분이 좋았다.

사실 나는 서양 여성의 움푹 파인 눈두덩이 부러울 때가 많다. 화장할 때 훨씬 더 다양하게 연출할 수 있기 때문이다. 아시아 여성이 눈에 스모키 화장을 하는 것은 대단히 어려운 도전이다. 한국 인플루언서들이 메이크업 강의를 하는 걸 보면 넋이 나갈 때가 있는데, 그만큼 메이크업으로 얼굴이 완전히 달라진다.

화장이나 성형으로 변화를 꾀하는 것이 나쁘다는 소리는 절대 아니다. 그래도 나 자신과 내 이미지에 만족하는 것은 축복이라고 생각한다.

50

Une Vie Entre Deux Rives

연이어 시험을 보고 그랑제콜을 다니면서
나는 부모님의 소원을 성취했다.
국가 엘리트 계층에 합류할 정도로
신분 상승을 이루었고 그 문화에
동화되었다. 그런데 계층 상승을 하면
할수록 나는 부모님과 내가 자란 세계에서
멀어졌다. 어떤 때는 마음이 불편해서
서글펐고 내 태생을 배신한 것 같아
괴로웠다.

평등이라는
기회

평등이라는
기회

**Un pur produit de la
méritocratie républicaine**

서민층 가정의 많은 부모가 그러하듯 내 어머니에게도 삶은 투쟁이었다. 어머니는 당신에게 주어지지 않은 기회와 선택을 아이들에게는 주고 싶어 했다. 우리가 학업, 사회, 문화 측면에서 능력을 최대한 키워 모든 기회를 꼭 누려야 한다고 생각했기 때문이다. 그래서 아주 일찍부터 나를 동네 도서관에 등록시켰다. 우리 집은 평소 책을 사지 않고 도서관에서 많이 빌려봤다.

어렸을 때 나는 물건을 파는 상인이나 머리를 만져주는 미용사 놀이보다 사서 놀이를 더 좋아했다. 작은 수첩을 대출 장부로 삼고 도화지로 대출증을 만들어 내가 가진 얼마 되지 않는 책 뒤에 끼워 넣으며 놀았다. 대출증에는 어머니를 졸라서 산 도장으로 날짜를 찍었다. 책은 인형들에게 대출해줬고 대출하는 책과 반납하는 책을 구분해서 관리했다.

당시 아이들이 읽는 유명한 책 시리즈가 우리 집에도 있었는데 그중 몇 권에는 내가 사서 놀이를 한 흔적이 남아 있다. 어머니는 할아버지가 사준 분홍색 책장에 들어 있던 이 시리즈를 창고에 그대로 보관했다.

어머니는 내가 네 살이 되었을 때 집 근처 연극 수업에 등록시켰다. 연말 공연을 하는 날 처음 사람들 앞에서 〈내

인형 앙콜리Ma poupée Ancolie)의 대사를 읊었다. 열 살에서 열다섯 살까지는 베르사유에 있는 몽탕지에극장을 드나들며 청소년 강좌를 들었다. 베르사유오페라극장과 베르사유궁에서 가까웠던 이 극장에는 이탈리아 양식의 아름다운 공연장이 있었다.

워낙 내성적인 어머니는 내가 연극 수업을 받으면 대중 앞에서 말을 편하게 할 수 있을 거라고 판단했다. 그 생각은 틀리지 않았다. 나는 원래 사람이 대여섯 명만 모여도 말 한마디 못 할 정도로 수줍은 아이였다. 당시 피아노 수업도 들었는데 이는 악기를 다룰 줄 알면 학교에서 주목받을 수 있다는 부모님 생각 때문이었다.

부모님은 피에르 부르디외Pierre Bourdieu의 사회학 연구를 접하지 않았어도 문화 코드와 유산이 성공 요소임을 본능적으로 알았던 것이다. 그런 문화 자산을 물려받은 적 없는 부모님은 마음과 달리 나에게 물려줄 것이 없었다. 그래서 내가 문화 자산을 습득하도록 다른 방법을 찾았다.

부모님은 사회적 신분 상승을 가능하게 하는 주요 동력은 교육이라고 생각했다. 그렇지만 학교는 종교적으로 중립이어야 한다는 신념이 확고했기에 나를 가톨릭계 사립학교에 보내지는 않았다. 가톨릭계 사립학교는 양질의 교육을 제공하는 것으로 알려져 있다. 그것이 정말인지 아닌지는 알 수 없지만. 결국 나는 어린이집과 초등학교를 동

56

네에 있는 공립 교육시설에서 마쳤다.

네 살 겨울에 스키를 즐기다가 정강이뼈가 부러졌다. 깁스를 하기에는 너무 어려서 나는 두 달 동안 꼼짝없이 침대에 누워 지냈다. 이때를 틈타 어머니는 나에게 글자를 가르쳤다. 어머니는 가르치는 능력을 타고나서 나뿐 아니라 내 여동생 그리고 한참 뒤 내 딸까지 그 덕을 보았다. 어머니가 사용한 교재는 1960년대에 파닉스를 바탕으로 만든 〈도미 리라Domi Lira〉였다. 어머니의 교육은 매우 효과적이었다.

다리가 다 낫고는 어린이집 상급반에 입학했는데 어느 날 선생님이 교실 한쪽에 있는 책장에서 아무 책이나 꺼내오라고 시켰다. 나는 선생님에게 돌아가 이렇게 말했다.

"선생님, 《씨앗과 식물》이라는 책 갖고 왔어요."

선생님들은 월반을 위해 나를 테스트했다. 결국 나는 어린이집 상급반에 들어간 그해에 어린이집을 건너뛰고 곧바로 초등학교 1학년에 입학했다. 그때의 성적표를 보면 나는 아주 수다스럽지만 동시에 선생님이 기대하는 바를 완벽하게 이해하고 말을 잘 듣는 학생이었다. 좋은 성적 덕분에 부모님도 기뻐했고 선생님들의 예쁨도 받을 수 있었다.

사실 나는 혼날까 두려워서 점수가 나쁘면 성적을 숨기기도 했다. 하지만 부모님은 공부와 관련해 잘못된 부담을

57

3

평등이라는
기회

준 적이 없었다.

나는 한국에서 공부가 얼마나 중요한 문제인지 잘 알고 있다. 아이들의 학업 성취를 위해 부모가 엄청나게 투자하고 더러는 아이들에게 무거운 압력을 행사하는 가정도 있는 것으로 안다.

나는 그런 경우가 아니었다. 과외를 받으려고 노는 시간, 쉬는 시간을 포기한 적이 없다. 또 부모님이 내 성적에 비례해 사랑을 준다는 느낌을 받아본 적도 없다. 그렇지만 어머니가 내 공부에 많이 투자한다는 사실은 일찍부터 무의식적으로 알고 있었다. 어머니는 당신이 학교를 못 다니게 되면서 받은 상처를 나를 가르치며 치유하고 싶어 했다. 그러니 어머니에게 내가 독립적으로 삶을 꾸려가는 모습을 보는 것보다 더 중요한 일은 없었다.

학교에 가면 다른 아이들보다 나를 더 주의 깊게 보는 선생님들이 있었다. 도스 산토스 선생님은 머리숱이 많고 턱수염도 더부룩해서 프랑스의 대중가수 조르주 브라상 Georges Brassens을 떠올리게 했다. 선생님은 가죽점퍼에 카우보이 부츠를 신고 다녔는데 교사에게는 그다지 권장되지 않은 옷차림이었다. 3학년 때 우리 반 담임이었고 나는 선생님을 인자한 삼촌으로 생각했다.

58

나는 필리베르 선생님도 좋아했다. 화장을 짙게 하고 땋은 머리를 길게 늘어뜨린 여자 선생님이었다. 2학년 전체가 3주 동안 알프스로 겨울 캠프를 갔을 때 선생님이 책임자였다. 우리는 평소처럼 아침에 수업을 듣고 오후에 스키를 탔으며 저녁에는 무용과 연극 공연을 연습했다. 그래서 분위기가 여름방학 캠프처럼 즐거웠다.

나는 이때 독립성을 키우는 법을 배웠다. 일곱 살이던 그때까지 나는 이틀 이상 부모님과 떨어져 지낸 적이 없었다. 머리를 단발로 자른 것도 이 시절이다. 연수를 가기 전에는 머리가 허리까지 내려왔고 어머니가 머리를 만져주었다. 연수를 가면 혼자 세수도 하고 머리도 빗어야 해서 그냥 자르기로 한 것이다.

그로부터 30년이 흐르고 내가 장관이 되었을 때 필리베르 선생님은 애정이 가득한 편지를 보내주었다. 3학년 때 만난 라퐁 선생님은 더 엄하고 고상했지만 나는 이 선생님도 아주 좋아했다. 그는 내게 잭 런던의 《야성의 부름》, 스탕달의 《적과 흑》 같은 책들을 추천해주었고, 내게는 환상의 땅이자 미지의 영역인 문학 속으로 모험을 떠날 수 있게 인도해주었다.

헌신적으로 가르친 선생님들은 내 지적 호기심 발달에 지대한 영향을 미쳤다. 오늘의 내가 있기까지 그들은 큰 도움을 주었다. 그랑제콜 준비반에 들어갔을 때 영어 선생님은 다소 신경질적이긴 했으나 내게 영미권 문학에 관한 열정을 불러일으켰다.

유전자와 집안의 문화유산이 성공을 보장해주지 못하는 아이에게는 자신의 잠재성을 알아보고 그것을 꽃피우도록 관심을 기울여주는 선생님이나 주위 어른 등 모든 사람의 따뜻한 시선이 필요하다. 내 선생님들이 바로 그 증거다.

오랜 시간이 흐른 뒤 내가 문화부 장관에 임명되었을 때 나는 문화 민주화를 위해 힘쓰려고 했다. 적정 시기에 필요한 지원을 받지 못해 혹은 인생을 바꿀 결정적 사람을 만나지 못해 기회를 놓친 사람이 너무 많다고 판단했기 때문이다. 내가 공립학교에 진 빚, 내가 예술 활동을 할 수 있도록 밀어준 부모님에게 진 빚을 생각하면서 불평등한 문화 접근권 해소 정책을 마련하고자 했다. 나는 행동 코드와 문화 코드야말로 오늘날 부당하게 사회적 차별을 일으키는 막강한 원인이라고 확신한다.

중학교와 고등학교에 올라가고 나서 내 이야기는 복잡해진다. 친구들과 달리 나는 중등 과정이 끝날 무렵 시험을 봐서 베르사유 인근의 뷔크에 있는 프랑스-독일고등학교에 들어갔다. 내가 다니던 중학교보다 조금 더 멀리 떨어진 곳에 있던 학교다. 우리 집은 독일에 사는 가족도 없었고 독일 문화와 친숙하지도 않았다. 그런데 부모님은 이 공립학교가 공부를 잘 가르친다는 소문을 듣고 나를 그곳에 보내고 싶어 했다. 나는 프랑스어, 수학, 간단한 구두 면접으로 이뤄진 시험에 합격했고 이는 내 긴 학업 과정의 출발점이었다.

학교의 교육 환경은 매우 좋았다. 한 반에 학생 수가 스무 명에 불과했다. 일반 학교는 서른다섯 명 정도였다. 수업이 프랑스어와 독일어로 진행되어서 3학년이 되었을 때 나는 완벽한 이중언어자가 되었다. 그리고 프랑스와 독일에서 모두 인정받는 바칼로레아인 아비바크Abibac : 독일의 대학 입학 자격시험인 아비투르Abitur와 프랑스의 동일 시험인 바칼로레아baccalauréat의 줄임말를 통과했다. 이 시험을 통과하면 두 나라 중 공부하고 싶은 나라를 고를 수 있다.

나는 이 학교에서 문화와 문학에 관한 내 취향을 더 키워 갔다. 이곳에서도 훌륭한 선생님들을 만나 진정한 배움을 얻었고 무한한 앎의 세계로 한 걸음 더 나아갈 수 있었다.

고맙게도 나는 토마스 만, 로베르트 무질, 하인리히 하이네, 칸트, 헤겔 등을 그들의 모국어로 읽었다. 금요일 저녁 연극반에서 장 콕토, 장 아누이, 장 지로두 등의 작품을 연습하며 1930년대와 1940년대의 프랑스 극문학에도 열광했다. 우리는 횔덜린과 괴테의 시를 번역했고 독일어로 생물, 지리, 역사를 배웠으며 슈베르트의 가곡과 모차르트

61

의 협주곡을 분석했다. 용기가 없어 열어보지도 못했던 문을 선생님들 덕분에 연 셈이다.

해마다 여름이면 우리는 독일로 여행을 떠났다. 특히 나는 독일 슈바르츠발트 지역의 프라이부르크에 사는 펜팔 친구 나디아와 깊은 우정을 키워갔다. 베를린 장벽이 무너지기 전인 1989년 3월에는 동독에도 가보았다.

당시 동베를린에는 여전히 전쟁의 상처가 남아 있었다. 빌헬름 2세 시절의 우아한 건물에 남아 있는 시커먼 그을음과 흉한 총알 자국은 전쟁을 상기시켰다. 거리 곳곳에서 카키색 제복을 입고 자동 소총 AK-47을 어깨에 멘 위협적인 모습의 인민 경찰들이 눈에 띄었다. 슈퍼마켓에 들렀을 때는 반쯤 비어 있는 상품 진열대가 충격적이었다. 시장경제 체제에서 자란 우리는 역사책 속 그림에서만 보았던 식량 부족 사태를 눈으로 직접 확인할 수 있었다.

유명한 베를린필하모니에서는 클라우디오 아바도Claudio Abbado가 지휘하는 바흐의 〈마태 수난곡〉 공연을 보았다. 교향곡 연주회는 처음이었다. 숙소에서 반 친구들과 세상 이야기를 나누느라 밤을 새우는 바람에 피곤한 상태였지만 천상의 하모니에 놀라움과 감동에 젖어 연주 내내 입을 다물지 못했다.

중학교와 고등학교 시절은 내게 아주 행복한 기억으로 남아 있다. 이 시절은 내 지적 발전에 큰 역할을 했다. 돌

62

이켜보면 집단 기억에 관한 흥미로운 교훈도 준 것 같다. 프랑스와 독일은 유럽 공동체를 함께 일구고 양국의 젊은 세대가 가까워지도록 여러 정책을 펴면서 서로를 향한 미움을 완전히 씻어버렸다. 전쟁이 끝난 뒤 독일은 잘못을 인정했고 나치 독일에 협력한 프랑스 사람들은 재판을 받았다.

전쟁 전후에 태어난 사람들을 부모로 둔 내 세대는 독일 국민에게 앙심이나 복수심을 느끼지 않는다. 과거사 문제를 아직 해결하지 않은 채 대립과 갈등을 겪는 한국-일본과 달리 프랑스-독일은 과거사를 정치적으로 매우 다르게 다루었다.

프랑스에서는 바칼로레아Baccalauréat : 프랑스 국공립대학 입학 자격 시험를 보기 전에 대학에 지원하게 되는데, 그 중요한 시기에 수학 선생님의 충격적인 평가로 내 계획에 차질이 빚어졌다. 선생님은 그랑제콜 준비반 사전 등록 지원서에 "조금 잘할 때도 가끔 있지만 발전이 느린 학생"이라고 써놓았다.

프랑스 시스템은 특이한 편이다. 대학 입시가 선발제가 아니라 등록제여서 우수한 학생들은 시험을 보고 '그랑제콜Grandes écoles'에 들어간다. 그랑제콜은 공립과 사립으

63

로 나뉘며 미래에 엔지니어, 연구자, 경영자 등이 될 인재
를 교육하는 학교다. 파리경영대학원HEC, 에섹경영대학교
ESSEC, 고등사범학교ENS, 국립행정학교ENA, 파리정치대학
Sciences Po / 시앙스포 등이 프랑스의 최우수 학생들이 가고 싶
어 하는 학교다. 이를테면 미국의 아이비리그, 영국의 옥
스퍼드대학교와 케임브리지대학교, 한국의 서울대학교라
고 보면 된다.

그랑제콜에 들어가려면 '준비반Classe préparatoire'에서
2~3년간 공부해야 한다. 어렵기로 소문난 필기시험과 구술
시험을 준비하기 위해 강도 높은 공부가 필요하기 때문이다.
응시자는 수천 명에 달하지만 정원은 수백 명학교에 따라 수십 명 밖
에 되지 않는다.

나는 과학에는 상대적으로 흥미가 없고 문과 성향이 아
주 높은 학생이었다. 나는 열여섯 살밖에 되지 않았지만
나중에 뭘 하고 싶은지는 몰라도 뭘 하고 싶지 않은지는
똑똑히 알고 있었다. 즉, 교육이나 연구 쪽에는 뜻이 없어
서 문과 쪽으로 갈 생각을 버렸다. 내 지적 관심은 자연스
럽게 그쪽으로 향했지만 말이다.

가능성을 최대한 열어놓으려면 경영 계열 그랑제콜 시
험을 볼 수 있는 준비반이 내게 이상적인 타협안이었다.
하지만 수학 선생님이 그런 평가를 하는 바람에 합격률이
높은 상위 반에는 아예 지원할 수 없었다.

부모님은 화가 났다. 처음으로 학교에 반감을 품었다. 자식을 무조건 믿는 부모님은 그랑제콜 합격률이 높기로 유명한 사립 준비반에 나를 등록시켰다. 사실, 대학에서 과학을 전공한 아버지는 내가 가고자 하는 경영 학교를 대단하게 보지 않았다. 내가 올바른 선택을 하도록 도우려고 학교를 알아보기는 했어도 프랑스의 복잡한 대학 교육 체계와는 친숙하지 않았다.

나중에 내가 엘리트 계층으로 진입하고 나서야 아버지는 학업적 성공에 얼마나 내부자 거래와 유사한 측면이 있는지 깨달았다.

부모가 고등학교에서 어떤 계열을 선택해야 하는지, 외국어는 어떻게 잘할 수 있는지, 어떤 준비반을 골라야 하는지, 어떻게 하면 효율적으로 시험을 준비할 수 있는지 잘 모르면 그 학생은 현명한 선택을 하기 매우 힘들다.

젊은이들이 출신 계층에 따라 출발점이 천차만별이라는 것을 알고 난 뒤 나는 다양성의 발전을 추구하는 '21세기 클럽Club XXIᵉ Siècle'에 몸담았다.

다시 부모님 얘기로 돌아오면, 부모님은 일반 계열 학생에게 유리한 경영 학교 시험을 준비하겠다는 내 선택을 지지했다. 그해 나는 열일곱 살이었고 그 1년 내내 공부에만 열심히 집중했다.

아침저녁으로 한 시간 동안 교외선을 타고 준비반에 다녔다. 준비반에서는 공부를 아주 많이 시켰지만 그럴 만한 가치가 있는 전략이었다. 수업 시간도 많았고 엄청난 공부량을 '먼저 소화한' 실력 좋은 선생님들이 수업을 맡았다. 선생님들은 보통 한 과목을 할당해야 할 시간에 두 과목 시험을 치르게 했다.

당연히 성적은 아주 낮았다. 가장 잘 받은 학생의 점수가 20점 만점에 5점에서 8점이라 사기가 떨어지기도 했다. 하지만 진짜 시험을 보면 그동안 훨씬 빨리 문제를 풀도록 훈련을 받았으니 수월하게 풀리는 느낌이 들 것이었다.

그렇게 열심히 공부하며 한 해를 보낸 뒤 나는 에섹경영 대학교에 합격했다. 당시 에섹은 몇 년 동안 프랑스 경영대학 중 꾸준히 3위 안에 들었다. 1년만 준비해도 응시 자격을 준 시기에 시험을 보았으니 나는 운이 좋은 편이었다. 지원자 대부분은 재수에 삼수까지 했다.

나는 그해 신입생 250명 중 두 번째나 세 번째로 나이가 어렸다. 지금은 준비반에서 최소 2년을 공부해야 응시 자격을 얻는다.

그로부터 3년 동안은 자유였다. 신도시 세르지에 있는 에섹 캠퍼스에서 학생들은 그동안 짊어진 공부의 무게를 벗어던지고 삶을 만끽했다.

66

당시 경영 분야 그랑제콜은 학생들에게 공부하고 싶은 과목을 자유롭게 선택하도록 했다. 학교생활은 짜릿하면서도 잘 짜여 있었다. 주니어 엔터프라이즈Junior Enterprise : 경영대 학생들이 설립한 비영리 단체로 기업 등에 서비스를 제공함으로써 구성원의 현장 경험을 쌓는다나 동아리 활동, 파티, 여행 등 내 관심사를 모두 충족할 만큼 다양했다. 대학에 들어가기 전까지 밖으로 드러나지 않던 놀기 좋아하는 내 성향에 그야말로 딱 들어맞았다.

일본어 수업을 들을 때는 9개월 동안 3개 기업에서 연수를 받다. '스텔라 오바상'은 과자와 쿠키를 판매하는 회사였고, '야자키'는 자동차 부품 생산업체였다. '일본장기신용은행'은 기반시설에 출자하는 회사였지만 이후 파산했다.

이때 나는 회계, 운영 관리, 경영에 전혀 흥미가 생기지 않는다는 사실을 깨달았다. 반면 공공정책 관련 수업은 달랐다. 스물서너 살에 졸업한 동기들과 달리 나는 스무 살이라는 어린 나이에 졸업했기 때문에 '시앙스포'라는 이름으로 더 유명한 파리정치대학에 가기 위해 입학시험을 준비하기로 했다.

마침내 나는 파리 7구 한가운데에 있는 시앙스포에 입성했다. 생기욤가는 정부 부처가 들어선 곳으로 유명하다.

총리 관저인 오텔 마티뇽Hôtel Matignon이 코 닿을 곳에 있
었다.

이곳에 오자 내가 잘 모르는 분야가 드러났다. 가령 나
는 프랑스 제5공화국의 제도에 관해 아는 것이 없었다. 국
회가 어떻게 돌아가는지, 상원은 왜 있는지, 지정학적 쟁
점들로 무엇이 있는지도 전혀 몰랐다. 기사 내용이 암시하
는 쟁점들을 이해할 상식이 부족해 〈르몽드Le Monde〉를 매
일 읽는 것조차 힘들었다.

시앙스포에서 보낸 2년 동안 나는 그때까지 학교에서 공
부한 것보다 더 많이 배웠다. 에섹에서 교우관계를 쌓았다
면 시앙스포에서는 정치와 일반 상식을 튼튼하게 쌓았다
고 할 수 있다.

그러나 그 2년은 험난한 시기이기도 했다. 그때 나는 처
음 '계급 충돌' 형식으로 사회적 계층 차이를 실감했다. 시
앙스포의 학생은 대부분 프로필이 비슷하다. 그들은 파리
의 부유층 출신으로 이미 시중 은행이나 정부 부처에서 일
하는 사람들처럼 양복에 넥타이까지 매고 자신감 넘치는
모습으로 걸어 다녔다.

나는 그들에 비해 훨씬 뒤처진 느낌이 들었다. 따라잡으
려면 열심히 공부해야 했다. 그런데 시앙스포를 다니는 내
내 내가 계획한 것은 다 실패하는 것만 같았다. 필기시험
을 보면 절대 만족스럽지 않았다. 그래서 늘 완전히 망쳤

68

다고 생각했다.

이때부터 나도 모르게 '가면 증후군'을 키운 듯하다. 언제 가면이 벗겨질지 모른다는 불안감이 늘 나를 따라다녔다. 그러면서도 나는 학년말 시험에서 심사위원들이 주는 최고점을 받았다. 그리고 동기 서른세 명 중 5등 안에 들었다.

내친김에 나는 국립행정학교 입학시험을 준비했다. 이곳은 제2차 세계대전 이후 고위공무원을 체계적이고 객관적으로 선발·양성하기 위해 설립한 학교다. 그때까지는 혈연이나 연고 등으로 고위공무원을 뽑는 바람에 현대화한 행정부에 맞게 능력 있는 인재를 선발하기가 어려웠다.

1998년 나는 국립행정학교에 입학했다. 역시나 나는 동기들의 전형적인 프로필과 거리가 있었다. 국립행정학교는 프랑수아 올랑드와 에마뉘엘 마크롱이라는 두 명의 대통령을 배출한 학교다. 많은 동기가 고위공무원 아버지, 대학 교수 어머니를 두고 있었다. 그들은 어렸을 때부터 그 계급에서 요구되는 문화 코드를 저절로 익혔기에 이를 새로 익히느라 신경 쓸 필요가 없었다.

나는 이 학교를 10등으로 졸업했다. 덕분에 감사원의 문을 두드릴 수 있었다. 프랑스감사원은 공공 회계의 적법성을 감독하는 권위 있는 금융 사법기관이다.

69

3

나는 10년 동안 엘리트 계층의 코드를 관찰하면서 그것을 모방하고 체화했다. 그 코드란 할 말이 별로 없을 때 대화 나누는 법, 식사 예절, 웃는 법, 장군을 만났을 때 인사하는 법, 어떤 문화적 소양을 겉으로 드러낼지의 여부 등을 말한다. 이 중에서 내게 자연스러운 것은 하나도 없었다.

영국 주재 프랑스대사관과 렌 도청에서 인턴으로 일할 때 나는 그 새로운 세계에서 통용되는 관례를 빨리 익혀야 했다. 가정 교육을 제대로 받지 못한 사람이라는 인상이라도 남길까 봐 늘 두려웠다.

당시 국립행정학교에서는 학생들에게 프랑스식 예절을 소개하는 장 강두엥Jean Gandouin의 《프로토콜과 관례 가이드Guide du Protocole et des Usages》를 한 권씩 사보도록 했다. 이 책은 예를 들면 영국 여왕을 만났을 때 어떻게 인사해야 하는지 가르쳐준다. 책을 읽을 때는 이런 예 자체가 생뚱맞고 우습게 여겨지기까지 했다. 이듬해 외교관 파티에 참석해 실제로 그렇게 인사해야 하는 상황에 놓이게 될 줄은 꿈에도 몰랐다. 그때 나는 다른 대사관 직원들과 함께 엘리자베스 여왕을 만났다!

당시에는 내 피부색보다 사회적 계층 차이가 더 신경이 쓰였다. 나는 항상 '내 자리가 아닌 곳에 있는' 느낌으로 살았다. 사회학자들이 말하는 '계층 이탈자', 즉 다른 사회 계층으로 옮겨간 사람이 된 것 같았다.

쉰 살이 다 된 지금도 나는 여전히 사람이 많이 모인 자리가 불편하고 그 자리에서 장식품이 된 느낌을 받는다. 최상위 엘리트 계층의 네트워크에 속하고, 프랑스 정부의 각료였고, 직업적으로 성공했고, 관심사가 많아 대화 주제도 넘쳐나지만 내 자리가 아닌 것 같다는 느낌이 들 때가 있다. 상류층과 권력 쪽으로 쉽게 들어설 수 있는 코드와 열쇠를 쥐고 태어난 사람들이 걷는 길보다 내가 어렸을 때부터 걸어온 길이 확실히 더 힘들었음을 나중에야 알았다. 이는 나와 내 남편 로랑Laurent과의 공통점이다. 로랑도 나처럼 계층 이탈을 경험했다. 그는 1988년 파리에 와서 명문 고등학교 루이르그랑에 다녔는데, 북부의 강한 억양 때문에 알아듣기 힘든 사투리를 썼다. 부동산업에 종사하는 그의 아버지와 전업주부인 어머니는 바칼로레아를 받지 못했다. 하지만 로랑은 고등학교 졸업 후 명문 경영 학교와 시앙스포, 국립행정학교를 거쳤다. 이후 그는 고위공무원 중에서도 높은 자리인 참사관을 지냈고, 프랑수아 올랑드 대통령 재임 시절 장관 비서실장을 맡았으며, 미국 캘리포니아에 있는 대형 로펌에서 일했다. 지금 그의 북부 억양은 완전히 사라졌다.

지금도 계층 문제는 나에게 매우 중요하다. 어떻게 하면

평등이라는
기회

계층 이동이 좀 더 쉬워질까? 어떻게 차별을 줄일까? 프랑스에서는 열네 살 된 남학생의 이름이 브누아가 아니라 모하메드면 일반 계열보다 기술직업 계열 진학을 권유받는 일이 흔하다. 왜 그럴까?

이런 질문이 머릿속에서 떠나지 않았다. 그 답을 찾기 위해 2007년 21세기클럽에 들어갔다. 21세기클럽은 언론, 경제, 정치 분야를 이끄는 지도층의 다양성을 개선하기 위해 설립한 단체다. 설립 이후 지속하고 있는 '재능 유지' 프로그램은 젊은이들이 대학 교육 시스템에서 진로를 결정하는 데 도움을 주어 정보가 부족하거나 가족 지원 없이도 잠재성을 잃지 않게 하는 것이 목표다. 훌륭한 선생님과 교육 체계를 완벽하게 이해하지 못했어도 포부를 가지라고 나를 격려한 부모님 덕분에 나는 그런 독려가 얼마나 중요한지 알고 있다.

특히 경제와 문화 분야 엘리트 계층에는 최대한 많은 사람이 접근 가능해야 한다. 동일 계급이 대를 이어가는 진공 상태의 닫힌 공간이 되어서는 안 된다.

나는 엘리트 계층의 틀에 녹아들었다. 미처 생각지도 못한 사이에 유리천장을 뚫었다. 유리천장을 깨기 위해 내가 얼마나 많은 힘을 써야 했는지 인식하지도 못했다.

연이어 시험을 보고 그랑제콜을 다니면서 나는 부모님의 소원을 성취했다. 국가 엘리트 계층에 합류할 정도로 신분 상승을 이루었고 그 문화에 동화되었다. 그런데 계층 상승을 하면 할수록 나는 부모님과 내가 자란 세계에서 멀어졌다. 어떨 때는 마음이 불편해서 서글펐고 내 태생을 배신한 것 같아 괴로웠다.

Fleur Pellerin Essay

사실 나도 내가 설 자리, 적어도 내가
원하는 자리를 차지하기 위해 어느 정도는
싸워야 했다. "다양성 분야를 맡아줄래요?"
선거 캠프는 나에게 이렇게 제안했다. 나는
그럴 생각이 전혀 없었다. 다양성 문제가
내게 의미가 없어서가 아니었다. 오히려
그것은 내게 매우 중요한 문제다. 그러나
경제, 재정, 공법 분야에서 내가 쌓아온
경력을 볼 때 외모가 내 능력을 가리는
것은 내게 수치스러운 일이었고 후보의
이미지에도 좋지 않았다.

진화하는
진보를 위하여

진화하는
진보를 위하여

A gauche toute

여섯 살인 나는 가지런히 자른 앞머리를 하고 어머니의 하늘색 푸조 504 뒷좌석에 허리를 꼿꼿이 세우고 앉아 있었다. 학교에 가지 않는 수요일 오후 어머니와 나는 단둘이 파리 교외에 있는 슈아지르루아로 향했다. 우리가 사는 곳과 정확히 대척점에 있는 곳이었다. 트렁크에는 '인간의 대지'라는 시민단체에 기부하려고 어머니가 모아온 안경테, 약, 옷이 가득했다. 이 단체는 몇 년 전 내 입양 절차를 도와준 곳이다.

철문 앞에 도착해 초인종을 누르자 클로드 다니엘Claude Daniel이 나타났다. 기품 넘치는 특별한 이 여성은 극빈자를 돕는 데 평생을 바쳤다. 당시 그녀는 50대로 눈빛이 선하고 부드러웠다. 그녀의 여섯 아이 중 네 명은 입양아인데 그중 한 명은 원래 다른 프랑스 가정에 입양된 아이였다. 그 가족은 아이를 사랑하지 못했고 마치 색상이 마음에 들지 않아 '교환'하는 옷처럼 아이를 돌려보냈다.

초등학교 교사였던 클로드 다니엘은 최빈국 아동의 삶을 개선하기 위해 헌신하기도 했다. 1982년부터 앙팡스 에스푸아르Enfance Espoir라는 단체를 만들어 후진국 아동을 위한 학교와 병원을 지었고 학용품과 책을 기부했으며, 가

진화하는
진보를 위하여

난한 학생이 정상적으로 학업을 마칠 수 있도록 후원 사업을 추진했다.

2020년 5월 여든아홉의 나이로 세상을 떠난 클로드 다니엘은 어린 시절 내 우상이었다. 수요일 오후마다 다른 사람을 위해 시간을 내면서 어머니와 나 사이에는 강한 유대감이 형성되었다. 그때는 어려서 그 일이 어떤 의미인지 완전히 이해하지 못했지만 말이다.

내가 진보 진영에 몸담은 것은 무엇보다 가족사와 관련이 있다. 어머니는 여러 자선단체에서 활발히 활동했다. 파리에서 68혁명1968년 5월 프랑스에서 학생들과 노동자들이 기성세대와 가부장적 권위주의에 맞서 벌인 대규모 사회변혁운동으로 유럽을 넘어 전 세계에 지대한 영향을 미쳤다을 겪은 부모님은 평생 사회주의자였다. 조부모님은 친가와 외가 모두 프롤레타리아 출신으로 반교권주의자였고 공산주의자들과 가까웠다.

내가 정교분리주의를 철저히 믿는 것은 이러한 가족의 유산을 무의식적으로 받아들였기 때문일 거라고 본다. 나는 공공장소에서 종교를 선전하는 활동을 보면 심기가 몹시 불편하다. 나는 무신론자라고 떳떳이 말한다. 내 정치적 인식은 아마도 가족이 모였을 때 밥상머리에서 주고받던 대화의 영향을 받았을 것이다.

이후 내 신념이 더 굳어진 것은 보잘것없는 내 출신에도 불구하고 내가 행운아였다는 것을 깨달았을 때다. 나는 그때 불평등이 얼마나 사회를 갉아먹는 해악인지 알아챘다. 학생들의 정치 성향이 매우 강한 시앙스포에 입학하면서 나는 자연스럽게 투쟁에 나서기 시작했다.

처음에는 별다른 일을 하지 않았다. 1997년 봄 리오넬 조스팽Lionel Jospin이 이끄는 사회당의 국회의원 선거 캠페인에서 전단을 나눠주는 일이 고작이었다. 국회의원 선거는 1995년 대통령으로 선출된 자크 시라크가 의회를 해산하면서 치러졌다. 진보 진영은 의회에서 다수를 차지하려는 희망을 키워가고 있었다. 그러면 파리시장 출신이자 우파 수장인 자크 시라크와 공화국연합RPR을 견제할 수 있을 거라 믿었다.

나는 다른 것보다 다양성과 사회 진보를 주장하는 사회당에 친밀감을 느꼈다. 사회당이 집권하면 통합, 재분배, 정의를 구현하는 사회를 만들 수 있다는 확신이 있었다. 특히 능력주의에 민감했던 나는 사회당이 집권해야 비로소 기회 평등이 이루어질 수 있다는 것을 알았다. 공공정책은 취약계층이 사회적·경제적 결정주의를 뛰어넘을 수 있도록 도와줘야 한다. '사회적' 주제에 관해 나는 관용을 외치고 싶다.

나는 모두에게 결혼을 허용해야 한다고 생각한다. 성 소

79

수자와 미혼모를 포함하여 모든 여성에게 보조생식기술을 용인해야 한다고 믿는다. 인간의 신체를 상품화하지 않는 범위 안에서 대리모도 허용해야 한다고 본다. 내게는 동성 애자 친구도 많고 그중 몇몇은 대리모 덕분에 부모가 되었다. 구성 방식이 다른 이런 가족을 놓고 나는 옳고 그름을 판단하지 않는다.

내 개인사의 영향으로 나는 부모-자식 관계를 형성하는 방법은 수없이 많으며, 그것이 반드시 유전자나 혈연으로 만들어지는 것은 아님을 알고 있다. 전반적으로 내 신념의 뿌리는 역사적 레퍼런스가 없는 시대에 있다.

나는 프랑스 사회주의의 확장된 문화와 사회주의에 관한 중요한 글, 장 조레스Jean Jaurés나 레옹 블룸Léon Blum 같은 위인들의 사상을 깊이 알지 못했다. 내 철학은 행동과 그 결과에 기반을 두었다.

젊은 시절 나는 가족의 영향으로 진보주의자가 되었다. 내가 계속 진보주의자로 남는다는 것은 내가 어디에서 왔는지 알 뿐 아니라, 교육과 부모님이 물려준 가치에 고마움을 느낀다는 것을 의미한다.

80 내 교우관계도 대부분 같은 정치 진영에 머물러 있다. 1997년 우리는 국회의원 선거에서 승리했다. 2012년 프랑

수아 올랑드 후보가 대통령에 당선되었을 때를 제외하고 이때가 진보 진영의 승리로 기뻐한 첫 번째 기억이다. 나는 군중과 함께 선거 캠페인 본부가 축하 파티를 연 메종 드 라미리크 라틴 건물 앞 생제르망대로에 있었다. 선거를 승리로 이끈 리오넬 조스팽의 얼굴을 인쇄한 티셔츠를 입고 양손에 쥔 작은 국기를 흔들면서 말이다. 그때는 건물 안에 있을 승자의 곁에 있지 않았다.

그 선거 뒤 나는 국립행정학교에서 학업을 마치고 감사원에 들어갔다. 여러 부처 중에서도 문화부와 교육부를 감사하는 법원에서 일했다. 부처별 담당 법원에 배치된 법관들은 해당 행정 부서와 공공 기관의 회계 감사를 담당한다.

나는 주 업무 외에도 유엔세계식량계획과 유엔식량농업기구가 이라크에서 수행 중인 '석유 식량 교환 프로그램 Oil-for-Food Programme'을 감사하라는 지시를 받았다. 유엔 회원국은 유엔의 활동을 상시 감사하는데 그때는 프랑스 차례였다. 당시 감사원 내부 소식지 〈아르티클15〉는 내 기사에 1면 전체를 할애했다.

이렇게 해서 내 삶에 또다시 정치가 등장했다. 이 기사 덕분에 나는 유럽부 특임장관이던 피에르 모스코비치 Pierre Moscovici의 초대를 받았다. 나처럼 감사원 출신인 그는 기사를 보고 나를 축하해주었다. 재미있고 시원시원한 대화가 오갔고 초밥을 먹으며 담소를 나누다가 우정이

싹트기 시작했다. 이를 계기로 나는 2001년 대선에 도전한 리오넬 조스팽의 선거 운동 본부에 합류했다.

나는 '글쟁이들'이라고 불린 팀에서 작은 역할을 맡았다. 약 서른 명의 '브레인'으로 이뤄진 우리 팀은 각 분야 전문가들의 의견을 종합해, 사회당 대선 후보가 연설과 입장 결정에 반영하도록 하는 일을 맡았다.

대선에서 우리는 자크 시라크와 리오넬 조스팽의 대결 시나리오를 예상하지 않았다. 조스팽은 5년 동안 시라크 정부의 총리를 지낸 인물이다. 1997년 의회가 해산되고 사회당이 국회의원 선거에서 승리하자 보수 진영의 시라크 대통령은 야당에서 총리를 임명하는 '동거' 정부를 구성할 수밖에 없었다. 이는 진보주의자와 보수주의자가 균형을 이룬다는 인상을 주기 때문에 프랑스 국민은 이러한 정치 상황을 아주 좋아한다.

당시 리오넬 조스팽은 청렴하고 강직하며 때로는 준엄하다는 평가를 받았다. 그에게 잘난 척하거나 권력을 지나치게 탐하는 흠 같은 것은 찾아보기 어려웠다. 윤리적인 문제와 돈이 걸린 사건에 연루된 적도 없었다. 이는 정치계에서 꽤 드문 일이다. 그만큼 조스팽에게는 이점이 있었다. 그는 정부를 꾸리면서 진보 여러 진영을 끌어들여 '다수의 좌파'를 구축하는 데 성공했고, 그가 총리로 있을 때 경제 성장률도 높았다. 이를 기반으로 중요한 복지 정책도 통

82

과시켰다.

훗날 경제적 실효성을 두고 논쟁이 벌어지기는 했지만 이 정책들이 진보 진영의 것이라는 인식을 강하게 심어준 것은 틀림없는 사실이다. 프랑스에서는 1차 투표에서 과반을 얻은 후보가 없을 때 1위와 2위가 맞붙는 2차 투표를 거쳐 대통령을 결정하는데, 조스팽이 1차 투표에서 탈락할 가능성은 거의 없었다. 우리는 이미 2차 투표에 대비한 캠페인을 준비 중이었고, 특히 결정적인 영향을 줄 TV 토론에 대비하고 있었다.

그런데 2002년 4월 21일 믿을 수 없는 일이 벌어졌다. 극우 정당 후보 장마리 르 펜Jean-Marie Le Pen이 조스팽을 제치고 2차 투표에 오른 것이다. 외국인 혐오와 역사 수정주의를 공공연히 내세우는 그가 뽑힌 것은 우리에게 형용할 수 없는 충격을 안겨주었다.

"저는 이 패배의 책임을 전적으로 지고 대통령 선거가 끝나는 즉시 정계에서 은퇴하겠습니다."

리오넬 조스팽은 투표 결과를 보기 위해 우리가 모여 있던 선거 운동 본부에서 이렇게 발표했다.

그가 남긴 이 씁쓸한 몇 마디는 우리 세대의 머릿속에 각인되었고, 나도 이 말을 외우다시피 기억하고 있다. 그가 이 말을 했을 때 누군가가 외쳤다.

"안 돼요!"

83

이것은 엄청난 낙담의 외침이었다. 나는 장피에르 슈벤 망이나 크리스티안 토비라 등 진보 진영의 다른 후보에게 투표했다고 떠들어대는 친구들이 원망스러웠다. 그러는 바람에 조스팽에게 갔어야 할 표가 쓸데없이 분산된 것이다.

나는 무거운 마음으로 감사원으로 돌아갔다. 그 후 5년 동안 나는 정치 관련 활동은 일절 하지 않았다. 그러던 어느 날 정치는 가장 아름다운 방식으로 나에게 다가왔다. 바로 사랑이다.

2005년 나는 딸의 아빠와 헤어졌다. 그때 이상한 메일 한 통이 도착했다.

"우리는 천 일 정도 전에 한 번 마주친 적이 있어요. 다음 대선에서 다시 일해볼래요?"

처음에는 장난인 줄 알았다. 대선은 2년 뒤에나 있을 터였고 사회당 후보는 아직 지명되지도 않았다. 그런데 메일을 보내왔던 로랑 올레옹은 리오넬 조스팽 선거 캠페인 당시 한 모임에서 나를 만났다고 했다. 그는 참사원에서 일하는 고위공무원이었다.

나는 그가 전혀 기억나지 않았지만 그래도 메일을 계속 주고받았다. 며칠 만에 수천 통의 메시지가 오고 갔다. 하찮은 일에서 중요한 일까지 수다가 이어졌고 이는 우리 두

84

사람이 통하는 게 있다는 걸 깨닫기에 충분했다. 우리는 MSN 메신저에서 사랑에 빠졌다.

드디어 우리는 영화관에서 실제로 만났다. 그때 우디 앨런이 연출한 우연과 운명에 관한 영화 〈매치 포인트〉를 함께 봤다. 영화가 끝나고 그는 나를 생제르맹데프레의 고급 레스토랑에 데려갔다.

그날 밤 이후 우리는 떨어져 지낸 적이 없다. 석 달 뒤에는 마레 지구에서 함께 살기 시작했고 2010년에 파리 교외에 있는 몽트뢰유시청에서 결혼했다. 피로연은 오르세미술관 근처에 있는 레스토랑에서 두 아들 그리고 딸과 함께 치렀다.

아이들은 사이가 아주 좋다. 다행히도 우리는 모든 것이 자연스럽고 즐거운 재혼 가정을 꾸렸다. 남편과 나는 취향도 같고 삶에 관한 생각도 같다. 또 같은 가치를 공유하고 출신 계층뿐 아니라 공부를 해온 과정도 비슷하다.

이처럼 가족을 이루는 데 매개가 되었던 정치는 부부의 일이 되었다. 우리는 2007년 대선에서 사회당 후보 세골렌 루아얄Ségolène Royal 캠프에 들어갔다. 전문 기자들의 인터뷰 요청을 처리하는 것이 우리가 맡은 역할이었다.

우리는 밤낮을 가리지 않고 일했고 주말에도 일했다. 프랑부르주아가에 있는 우리 집에서 6개월 동안 거의 내내 컴퓨터 앞에 앉아 지냈다. 지정학, 보건, 산업, 동물권 등

85

모든 영역에서 전문가 수십 명을 총괄하는 엄청난 작업이
었다. 그 밖에도 우리는 새로운 대선 캠페인에서 친구들을
사귀었고 이들과는 지금도 서로 교류하고 있다.

세골렌 루아얄 후보의 패배가 이변은 아니었지만 그래
도 아쉬웠던 게 사실이다. 2007년 5월 6일 우리는 프랑스
를 생각하며 실망감과 당혹감에 빠졌다. 신임 대통령이 된
니콜라 사르코지 후보의 공약이 마음에 들지 않았다. 그의
공약은 사회 분열을 조장하고 돈과 권력을 지나치게 추구
했다. 우리는 부유층을 보호하고 이민자에게 낙인을 찍는
그의 정치를 거부했다.

대선 패배 이후 나는 다른 방식으로 정치에 뛰어들기로 했
다. 바로 단체를 기반으로 한 활동이다. 2007년에 나는 21
세기클럽의 행정 담당이 되었고 2010년에서 2012년까지는
회장을 맡았다. 이 단체는 정치, 언론, 경제 분야에서 활
동하는 엘리트 계층의 다양성을 추구하는 곳이다. 내가 이
단체에 관심을 보인 이유는 그곳의 행동철학 때문이었다.

21세기클럽은 '싱크탱크think-tank'가 아니라 '두 탱크do-
tank'다. 한 개인의 삶에서 부정적인 차별이 일어나는 위기
의 순간이 언제인지 알아내는 것이 우리의 일이었다. 위기
란 예를 들면 학업, 취업, 창업, 자금 마련, 승진 등에서 피

부색 때문에 앞으로 나아갈 수 없는 순간을 말한다.

우리는 인식 제고, 코칭, 멘토링 등을 이 위기의 순간에 대처할 수 있는 실용적인 해답으로 제안해 차별을 해결하고자 했다. 가령 '인재 풀talent pool'이 없다는 핑계를 불식하기 위해서 프랑스 대기업 이사회가 다양한 출신의 전문가를 고용하도록 수백 명의 이력서를 모아 명부를 작성했다.

그 명부를 출간할 때 나는 장피에르 주예Jean-Pierre Jouyet를 만났다. 당시 그는 기업 경영자 양성과 지원 단체인 IFA의 회장을 맡고 있었다. 그는 대선을 준비 중이던 프랑수아 올랑드의 친한 친구이기도 했다.

내가 우연한 기회로 사회당 후보 캠프에 합류한 것은 그 이후의 일이다. '아랍의 봄' 당시 나는 21세기클럽의 회원이었다가 튀니지 임시정부의 일원이 된 메디 우아스Mehdi Houas의 초청을 받아 튀니지를 방문했다. 튀니지는 시디 부지드라는 도시에서 촉발된 이례적인 국민 저항을 겪고 있었다. 시디 부지드에서 한 젊은 행상인이 팔아야 할 물건을 경찰이 부당하게 압류하자 절망에 빠져 분신자살했던 것이다.

시위가 몇 주 동안 이어지자 1987년부터 권력을 잡았던 독재자 벤 알리 대통령은 결국 튀니지를 떠날 수밖에 없었다. 튀니지 국민의 저항은 나라마다 그 정도는 달라도 아랍 세계 전체에 저항 운동을 촉발했다.

메디 우아스는 정치적으로 끓어오르는 이 믿을 수 없는 순간을 눈으로 직접 확인하라며 우리더러 튀니지로 오라고 했다. 당시 임시정부는 주로 디아스포라 출신 튀니지인으로 구성되어 있었다. 그들은 새 헌법을 만드느라 분주히 움직였다.

우리는 관광객이 모두 떠난 호텔에 머물렀다. 그때 우연히 휴가차 아내와 함께 튀니지에 와 있던 장피에르 주예를 만났다. 그는 오래전 프랑수아 올랑드와 사회당에서 일한 적 있는 로랑에게 경선 캠프에 참여해보라고 했다.

얼마 뒤 로랑은 후보의 최측근으로 구성된 싱크탱크에 들어갔는데 공교롭게도 모임의 일원은 모두 50~60대 남자였다. 능력이나 자질과 상관없이 이 모임은 그다지 현대적인 이미지를 주지 못했다. 프랑수아 올랑드의 주요 경쟁자가 마르틴 오브리Martine Aubry라는 여성 후보라 더더욱 그랬다.

로랑은 내가 의회 사무실에서 올랑드 후보를 만나도록 주선했다. 머지않아 올랑드 후보는 나에게 캠프 참여를 제안했고 현장에 나갈 때 동행해달라고 여러 번 요청했다.

나는 여자인 데다 젊고 외모가 동양인이라는 것이 내게 유리할 수밖에 없다는 사실을 알고 있었다. 내 경력만으로도 그 자리에 나가는 것이 100퍼센트 정당했지만 말이다.

능력과 경력이 같다면 금발 머리의 40대 남자는 프랑스 제 7대 대통령 후보의 캠프에서 자리를 얻지 못했을 가능성이 크다.

사실 나도 내가 설 자리, 적어도 내가 원하는 자리를 차지하기 위해 어느 정도는 싸워야 했다.

"다양성 분야를 맡아줄래요?"

선거 캠프는 내게 이렇게 제안했다.

나는 그럴 생각이 전혀 없었다. 다양성 문제가 내게 의미가 없어서가 아니었다. 오히려 그것은 내게 매우 중요한 문제다. 그러나 경제, 재정, 공법 분야에서 내가 쌓아온 경력을 볼 때 외모가 내 능력을 가리는 것은 내게 수치스러운 일이었고 후보의 이미지에도 좋지 않았다.

나는 디지털 분야를 맡고 싶다고 했다. 디지털은 중요한 주제임에도 그렇다는 인식이 없었고 제대로 운영되지도 않는 분야였다. 나는 디지털이 미래 핵심 분야가 될 것이라 확신했다. 결국 나는 '경제·디지털 사회' 부서 책임자이자 이 주제에 관한 후보 대변인으로 임명되었다.

나는 서둘러 서른 명 정도의 전문가로 팀을 꾸렸다. 그들은 모두 자원봉사자였고 진보 정당이 다시 집권하기를 열렬히 바라는 마음 하나로 모였다. 공무원과 기업가, 지식인도 있었다. 그들은 의견서를 작성하고 내가 현장을 방문할 때 할 말과 언론 대상 발표문을 준비했다. 또 다뤄야 할 주제에 관한 아이디어를 제공했고 현장에 동행하기도 했다. 그들에게 많은 빚을 진 셈이다. 나는 그들의 지식과 깊은 사고, 경험의 합 덕분에 정통성을 확보할 수 있었다.

그 시기에 나는 정치가 가진 폭력성에도 조금씩 익숙해졌다. 특히 선동 공작 세력이라 할 수 있는 트롤troll이 폭주하는 SNS에서 그런 경험을 많이 했다. 그들은 당당히 신분을 드러내거나 가명으로 활동하며 온종일 디지털 괴롭힘을 서슴지 않는다. 그 밖에도 각 캠프의 대변인이 토론을 벌일 때는 긴장이 극에 달했다. 언론에 모욕적인 공격도 오갔다.

어느 날 파리의 정치 생태계에 꽤 알려진 기업가가 이 문제를 프랑수아 올랑드 후보에게 직접 호소했고 내가 답변하게 되었다. 그런데 입이 가벼운 누군가가 한 경제 전문지 기자들에게 '오프 더 레코드'로, 그러니까 기사에 실릴 줄 모르고 한 말에 따르면 이 기업가가 나를 두고 프랑수아 올랑드가 집에서 일하는 '가사도우미'를 보냈다고 했다는 것이었다.

이 모욕적이고 남성 우월적인 언사는 인터넷에서 논쟁 거리로 떠올랐다. 그러자 홍보팀이 나를 설득해 이 남자를 만나 사태를 해결하도록 했다. 막상 소통은 잘 이루어졌다. 문제의 그 기업가는 내가 해당 주제의 전문가이고 나를 모욕한 것은 잘못이었다고 인정했다. 그는 사과의 뜻으

90

로 매일 싱싱한 꽃 한 다발을 보내겠다고 했고, 실제로 그
는 우리가 만난 날부터 대선 2차 투표가 끝나는 날까지 매
일 커다란 꽃다발을 보냈다.

지금도 내 휴대전화에는 꽃이 가득했던 선거 본부의 내
사무실 사진이 저장되어 있다. 1미터가 넘는 거대한 꽃다
발이 사무실을 점령하다시피 해서 동료들이 매일 놀라고
는 했다.

토론과 인터뷰, 발표 등으로 나는 점점 더 인지도가 높
아졌다. 나와 세대가 같고 역시 올랑드 후보의 대변인으로
일하는 다른 여성 세 명과 함께 2012년 4월 말 인기 있는
문화 잡지 표지 모델로 서기도 했다. 표지에는 '걸 파워,
진보 진영의 세대교체'라는 제목이 실렸다.

우리는 잡지 표지로 연대 이미지를 전하고 싶었지만 현
실은 달랐다. 나는 정계에 노이로제 환자가 얼마나 많은
지 깨닫기 시작했다. 자아도취가 심한 그런 사람들은 정치
판에서 쌓인 내면의 깊은 상처를 달래려는 것처럼 보인다.
그들은 질투심 혹은 언론에서 돋보이고 싶은 마음 때문에
교활하게 때로는 아예 적대적으로 행동한다.

나는 가장 악의적인 적은 정치적 경쟁자가 아닐 수 있
고, 정치 활동을 하려면 오히려 동료에게서 나를 보호할

91

진화하는
진보를 위하여

줄 알아야 한다는 진리를 배웠다. 이때 얻은 교훈은 훗날 많은 도움이 되었다.

남편은 전략 싱크탱크를 기반으로 캠페인에 참여했다. 매주 월요일 아침 올랑드 후보와 자리를 함께하는 소규모 모임을 이어간 것이다. 파리경영대학원을 졸업한 남편은 20년 가까이 프랑수아 올랑드와 알고 지냈다. 올랑드 후보의 사회당 경선 2011년 프랑스 대선 이전에 사회당에서 대통령 후보를 선출하기 위한 개방형 경선을 치렀다 지지율이 오랫동안 3퍼센트를 벗어나지 못했어도 남편은 그가 도미니크 스트로스 칸 Dominique Strauss Kahn 후보를 이길 수 있다고 확신했다. 많은 여론조사가 도미니크 스트로스 칸을 유력 후보로 거론했으나 '뉴욕 소피텔호텔 성추문 사건'이 터지면서 그는 결국 입후보하지 못했다.

남편은 사회당 대표인 올랑드가 엘리제궁에 입성할 수 있으리라 믿었다. 그때 나는 서른여덟 살이었고 남편은 마흔둘이었다. 그것은 우리가 참여한 세 번째 대선 캠페인이었고 처음 승리를 맛본 캠페인이기도 했다.

2012년 5월 6일 밤, 바스티유 광장에서는 진보 진영의 대승리를 축하하는 사람들이 프랑스 국기를 흔들며 프랑수아 올랑드의 이름을 외쳤다. 그때만 해도 나는 프랑스를 위해 일할 놀라운 기회가 주어질 줄은 꿈에도 몰랐다.

92

Une Vie Entre Deux Rives

나는 기자들에게 자리를 피해달라고
부탁한 뒤 총리에게 그런 제안을 해주어
영광스럽다고 말하며 그 자리에서 장관직을
수락했다. 그리고 나에게 일어난 일의
엄청난 의미를 제대로 이해하지도 못한
채 전화를 끊었다. 내가 프랑스의 장관이
되다니! 나는 평범하지 않았고 많은 학위가
있었으며 디지털 경제의 쟁점을 완벽하게
다루었다. 프랑스 언론은 내 이력을
특이하고 흥미롭게 바라보았다.

Fleur Pellerin Essay

5

폭풍의 눈으로
더 가까이

Servir la France

대선 승리 이후 묘한 분위기 속에서 하루하루
가 흘러갔다. 선거팀에서 누가 정부에 임명될지 아무도 몰
랐기 때문이다. 프랑수아 올랑드의 최측근을 제외하고는
그 누구에게도 정보가 흘러가지 않았다. 대통령이 공식 업
무를 시작하는 날은 5월 15일로 결정되었다. 전통에 따라
총리도 같은 날 임명하고 정부 구성은 일반적으로 그다음
날 발표한다. 5월 6일부터 16일까지는 물밑 작업이 활발했
다. 자리 하나 얻으려고 뒤에서 움직이는 사람들이 많았기
때문이다. 그들 중에는 대선 승리에 전혀 기여하지 않은
사람도 있었다.

나는 정치권에 네트워크도 없었고 영향력 있는 대통령
측근도 알지 못해서 기나긴 시간 동안 부름을 받기를 바라
며 초조하게 기다릴 수밖에 없었다. 선거전의 흥분이 가라
앉고 찾아온 평온은 견디기 힘든 것이었다.

선거 기간 동안 여러 텔레비전 방송국에서 내게 관심을
보였고 신임 대통령을 위해 일하는 내 일상을 촬영했다.
2012년 5월 15일. 나는 파리 시청에서 열린 프랑수아 올랑
드 대통령의 취임식에 참석한 뒤 사회당 당사로 이동해서
한 통신사의 요청으로 간단한 사진 촬영을 했다. 그날 카

메라 한 대가 나를 따라다녔고 막 총리에 임명된 장마르크 애로Jean-Marc Ayrault의 전화를 받는 순간을 포착했다.

그는 우리의 통화 내용을 정부 구성을 발표할 다음 날까지 절대 기밀로 유지해야 한다고 말했다. 나는 그가 무슨 말을 하든 감정을 조절해야 했고 아무런 표정도 드러내서는 안 되었다. 그래야 나를 점점 더 호기심 어린 표정으로 바라보는 기자들이 의심을 거둘 터였다.

애로는 중소기업·혁신·디지털경제부 특임장관으로 나를 염두에 두고 있다고 말했다. 선거전에서 워낙 열심히 뛰었기 때문에 어느 정도 기대는 하고 있었지만 웃음이 나오려는 것을 참고 기쁨을 감추려 무척 애써야 했다. 이는 내가 맡았던 대변인 역할을 훨씬 넘어서는 자리여서 장관직 제안은 나를 신임한다는 분명한 증거였다.

나는 기자들에게 자리를 피해달라고 부탁한 뒤 총리에게 그런 제안을 해주어 영광스럽다고 말하며 그 자리에서 장관직을 수락했다. 그리고 나에게 일어난 일의 엄청난 의미를 제대로 이해하지도 못한 채 전화를 끊었다. 내가 프랑스의 장관이 되다니!

나는 혼자 있는 틈을 타 남편 로랑과 부모님에게 전화를 걸었다. 남편과 부모님은 분명 나 대신 어린 딸을 돌봐줄 테니 가족의 지원은 걱정하지 않아도 된다는 것은 알고 있었다. 언제나 그랬듯 그들은 내 곁에 있어줄 것이었다.

98

이 일로 로랑과 사이가 벌어지지는 않았다. 우리는 선거전에서 함께 뛰었고 서로 사랑하는 강한 사람들이었다. 로랑은 내 일을 굉장히 기뻐해주었다. 그렇지만 그는 며칠 동안 불확실하고 불안한 시간을 보내야 했다.

앞으로 다가올 대통령 임기 5년 동안 그는 어떤 직무를 맡게 될까? 결국 그는 중앙분권화·공공행정·국가개혁부 장관의 비서실장에 임명되었다. 세법 전문가인 그는 재정부에 가겠다고 할 수도 있었다. 그러나 경쟁이 치열했다. 일단 자리가 적었고 그만큼 임명되는 사람도 적었다.

남편이 장관실의 그늘에 가려지는 동안 나는 스포트라이트를 받았다. 나는 이것이 불공평하다고 생각했다. 남편은 늘 정치적 성향이 강했고 사회당과 프랑수아 올랑드를 지지했으며 정치 쟁점과 선거 판세를 잘 알고 있었다.

어찌 보면 그가 장관직을 차지하는 것이 더 합당했다. 정치에 전적으로 투신하는 그에 비하면 나는 상대적으로 정치 아마추어에 가까웠다. 다만 선거전에서 내 입지를 구축하는 데 성공했을 뿐이다. 내가 만난 다른 젊은 여성들나자 발로벨카셈, 델핀 바토, 오렐리 필리페티은 오랜 정치 경력과 현장 경험으로 무장했지만 나는 그렇지 않았다. 대중은 내가 누구인지도 모르다가 내가 언론에 노출되자 나를 알아보기 시작했다.

나는 평범하지 않았고 많은 학위가 있었으며 디지털 경

제의 쟁점을 완벽하게 다루었다. 프랑스 언론은 내 이력을 특이하고 흥미롭게 바라보았다.

2012년 5월 16일 우리는 딸의 생일을 축하하고 있었다. 그날 텔레비전에서는 대통령 비서실장이 엘리제궁 계단 위에 마련한 연설대에 서서 신임 장관들의 이름을 불렀다. 열일곱 명의 여성과 열일곱 명의 남성이 호명되어 프랑스 역사상 최초로 완벽한 성평등을 이룬 내각이었다. 그중 선출직을 경험하지 않은 사람은 내가 유일했다.

　이튿날 나는 첫 각료회의에 참석했다. 이날은 '가족사진'을 찍는 것이 전통이다. 나는 자잘한 꽃무늬가 들어간 블랙 스커트와 재킷을 입고 굽 높은 부츠를 신었다. 선거전을 함께했고 새로운 역할을 짊어진 사람들을 그곳에서 다시 만났다. 만남은 매우 즐거웠고 '가족적인' 분위기에서 이루어졌다. 하지만 내게는 엘리제궁의 의전이 조금 과하게 느껴졌다. 금박 장식이 화려한 각료실 테이블에 둘러앉아 나누는 대화는 마치 각본으로 짠 듯했고 서로 존댓말을 해야 했다. 프랑수아 올랑드는 이제 '대통령님'이 되었다.

　나는 재정경제부가 있는 베르시 청사에서 내 팀을 구성했다. 팀원 대부분 선거전 때 내 팀에서 일하던 친구들이었다. 그런데 비서실장은 내부 회의든 기자와 초대 손님

100

앞에서든 예외 없이 지켜야 할 엄격한 규칙을 들이밀었다. 나는 '장관님'이 되었고 외부 손님이 지켜볼 때는 모두에게 존대해야 했다. 이상하게 보일 수도 있지만 우리는 모두 프랑스 국민을 위해 일하고 있었고 이 의전도 우리가 맡은 직무가 있기에 존중해야 했다. 우리가 국가를 상징하기 때문이다.

올랑드 대통령의 임기 5년 동안 나는 진보주의자들의 사회적 쟁취와 맥을 같이하는 동성 결혼 합법화 같은 중요한 투쟁에 뛰어들었다. 프랑스 경제의 경쟁력 강화 정책과 법인세 경감으로 국내 경제를 활성화하기 위한 경쟁력 강화 협정에도 동조했다. 부를 재분배하려면 부 창출이 선행되어야 한다고 믿기 때문이다.

나는 피에르 모스코비치, 미셸 사팽 등 다른 정치인들과 함께 사회당의 자유주의파에 속했다. 우리는 올랑드 대통령 임기 초기 내가 속한 산업부를 총괄하던 아르노 몽트부르Arnaud Montebourg 장관이 주도하는 '반대파'와 대치했다. 언론에서는 이들을 '프롱드 당원들frondeurs'이라고 불렀다. 대통령이 선거 공약을 깨고 지나치게 자유주의적 경제 정책을 펼친다며 비난한 이 내부 반발자들은 집권 기간 5년을 갉아먹었다. 나는 올랑드 대통령의 통치 기간이 저평가되었고 2017년 대선에서 진보 정당이 패배한 데는 그들의 책임이 크다고 생각한다.

정부에 몸담는 동안 나는 공공정책의 윤곽을 결정했다. 내 선택과 행위가 사람들의 생활에 영향을 미칠 수 있다고 생각하니 놀랍기도 하고 또 한편으로는 걱정스럽기도 했다. 예를 들어 나는 임기 초기에 기업가들의 실패할 권리를 생각했다. OECD 통계에 따르면 프랑스에서는 기업가가 파산한 뒤 재기하는 데 평균 9년이 걸린다. 반면 스웨덴에서는 1년도 채 걸리지 않는다고 한다. 여러 가지 구조적 원인이 있지만 그 외에 불리한 요소들도 작용하는 탓이다.

프랑스에서는 중앙은행이 은행에서 대출을 받는 기업가에게 페널티를 부여하는데 이것이 마치 낙인처럼 작용하는 문제가 있다. 사기 행각 혹은 불법 행위로 부도를 낸 기업가에게는 이런 페널티가 있어야 하지만 경기 불황 여파나 큰 고객을 잃어 부도가 난 기업가에게는 두 번째 기회를 빼앗는 결과를 낳는다.

사람은 실패를 겪으면서 배운다. 나는 성공하려면 시간과 시련이 필요하다고 확신한다. 실리콘 밸리에서는 투자자들이 자금을 구하러 오는 기업가에게 자신을 만나러 오기 전에 몇 번이나 실패를 경험했는지 반드시 묻는다고 한다. 한 번도 실패한 적이 없다고 대답하는 기업가는 투자금을 받을 기회가 줄어든다. 나는 실패를 경험한 사람들에게 두 번째 기회를 줄 수 있는 해결책을 찾고 싶었다.

재정경제부 관련 부서와 중앙은행 부서들은 나와 뜻이

달랐지만 나는 중앙은행 총재에게 내가 펼치고자 하는 정책의 근거와 행정부에서 좋아하지 않을 관련 위험을 줄이는 방법을 설명해 그를 설득할 수 있었다. 이것은 작은 일로 보이지만 매우 상징성이 있었고 덕분에 나는 많은 감사 인사를 받았다.

그렇게 나는 고위 공무직에서 경력을 쌓아갔다. 언론은 나를 기술관료technocrate라고 했는데 기자들의 펜 끝에서 나온 그 명칭은 칭찬이 아니었다. 그래도 내게는 다른 동료들에게 없는 장점이 두 가지 있었다. 우선 국립행정학교 동창들을 비롯해 행정부에 도움을 받을 수 있는 지인이 많아 행정부와 일하는 법을 알았고, 그다음으로 감사원 시절 경험으로 예산 처리 과정과 공공 재정 규칙을 잘 알고 있었다. 그것은 흠이라기보다 소중한 자산이었다.

임명되고 첫 몇 달 동안 나는 내 시간을 낼 수 없다는 사실을 깨달았다. 업무 속도와 강도는 초인적인 힘을 발휘해야 할 만큼 지극히 높았고 시간 관리도 힘들었다. 전문직 협회, 노조, 기업가, 기자 들과 수천 시간에 달하는 면담을 해야 했고 현장에도 나가야 했으며 여당 의원들과 좋은 관계도 유지해야 했다.

또 SNS 소통도 24시간 관리해야 했다. 특히 당시 부상한 트위터에 우리 부처의 결정 사항을 '마케팅'해야 했는데, 우리의 입장을 실시간으로 설명하고 변호하면서 악성 댓글의

표적이 되지 않으려 아주 작은 실수도 늘 조심해야 했다.

상황을 객관적으로 보고 장기 전략을 고민하기 위한 에너지를 비축하는 것은 내게 가장 큰 도전 과제였다. 꽉 찬 일정, 과도한 활동, 끊이지 않는 만남 요청은 자기 성찰과 양립할 수 없었다. 나는 내 안의 소리에 귀를 기울이지 못한 채 앞으로 나아가기만 해야 했다.

이 시기에 모든 일이 잘 풀렸지만 내 안에서는 무언가 소중한 것이 무너지고 있었다. 나는 서른여덟 살이었다. 나는 평생 모범생이었고 곧게 뻗은 직선도로를 전속력으로 달려왔다. 앞에서도 말했듯 그때는 개인적으로 매우 취약한 시기였다. 그런데 그 원인을 알 수 없었고 아슬아슬한 날 위에 서 있는 것 같았다.

돌아보면 내가 일과 공적 활동에서 그렇게 대중에게 노출되었으면서도 어떻게 우울감을 이겨냈는지 모르겠다. 모순적이게도 지나친 활동과 책임이 내면의 병을 알아채지 못하게 했는지도 모르겠다. 적어도 표면적으로는 말이다. 그저 잘못될 시간이 없었던 것이다. 이제 와서 보니 그때의 내 마음은 내 과거와 출신을 빨리 들여다봐야 한다는 경고음을 울리고 있었던 게 틀림없다.

104

2년 뒤 지방선거에서 사회당이 패배하면서 대규모 개각

을 단행했다. 이것은 관행이다. 정부 여당이 중간선거에서 패배하면 정책 방향을 선회하는데 이는 새로운 정부 구성으로 나타날 수밖에 없다. 장마르크 애로 총리는 해임되었고 내무부 장관이던 마뉘엘 발스Manuel Valls가 그의 뒤를 이었다. 나는 내 분야에서 좋은 성적을 거두었고 대중에게 인기도 높았다. 그렇지만 장관직을 유지하리라는 보장은 없었다.

새 정부 구성이 발표되기 전 기업가들은 내가 디지털 분야를 계속 맡을 수 있도록 트위터에 #keepflower를 달기 시작했다. 이 해시태그는 즉각 큰 반응을 불러일으켰고 SNS에서 실시간으로 가장 많은 토론이 이뤄진 이슈인 '트랜딩 토픽'에 들어가기도 했다. 이는 테크 분야가 내게 보내준 제대로 된 애정 고백이었다. 비록 원하던 결과를 얻지는 못했지만 이 고백 덕분에 마음이 무척 따뜻해졌다.

결과는 내가 상상했던 것보다 더 나빴다. 말하자면 나는 강등당했다. 대통령은 정치적 이유로 장관 수를 줄여 '축소' 정부를 보여주고자 했다. 이제는 특임장관을 포함한 장관 열여섯 명에 국무장관 열네 명이 다녔다. 참고로, 프랑스 정부는 총리실 및 각 부처에 특정 업무를 담당하는 특임장관 또는 국무장관을 둔다. 서열은 부처를 총괄하는 장관, 특임장관, 국무장관, 차관 순으로, 장관과 특임장관만 국무회의에 참석 가능하다.

나는 의전상으로는 몇 자리 상승했지만 다른 국무장관들처럼 각료회의에 참석하지 못했다. 의사 일정에 내 직무와 관련된 주제가 있을 때만 참석했다. 나는 외교부 장관과 협상 끝에 내게 맡기려던 유럽연합 부문을 제외하고 무역과 관광, 재외교민 부문을 맡았다. 그래도 한 명이 맡기에는 지나치게 범위가 넓었다.

내 임명 결정은 정부 내에서 영향력이 컸던 두 인물이 벌인 가차 없는 세력 다툼의 결과였다. 산업 이외에 경제까지 맡아서 힘을 강화한 아르노 몽트부르와 외교부 장관으로 유임된 로랑 파비위스Laurent Fabius가 그들이다. 파비위스는 전통적으로 경제부에 속하는 무역 부문을 자신의 영역으로 가져오려고 몇 달 동안 술책을 썼다. 이는 권력 다툼이긴 해도 몽트부르의 자존심을 자극하기 위한 비겁한 작전이었다.

내가 디지털 부문을 맡았을 때 내가 속한 부처를 총괄하던 장관, 즉 내 상관인 몽트부르와의 관계는 시간이 갈수록 악화했다. 개인적으로는 항상 우호적이고 유머 감각도 비슷했지만 경제 정책에 관한 비전은 완전히 상극이라 양팀 사이에 매일 심한 긴장감이 맴돌았다. 그러자 아르노는 어떻게든 나를 떼어놓으려고 했다. 이때 우리 둘 다 잘 싸웠다고 나는 인정한다.

실질적으로 나는 이득을 보지는 못했다. 새 상관 로랑

파비위스 장관 밑에서는 직무 수행이 매우 힘들었다. 장관실에서는 내가 하려는 모든 것을 늘 지나치게 관리했고 세세하게 들여다보았다. 그들은 프랑스 GDP의 7퍼센트를 차지하는 관광 부문 정책을 완전히 시대에 뒤떨어진 방식으로 바라보았다. 반면 내게는 관광 분야를 현대화하고 혁신을 일으키기 위한 아이디어가 넘쳐났다. 그러나 내 손은 묶였고 나는 아무것도 할 수 없었다.

이 시기에 나는 비극적인 사고를 수습하는 일을 맡기도 했다. 2014년 7월 말 말리에서 항공기 추락 사건이 발생했다. 사고가 난 알제리 항공사 비행기에는 많은 프랑스 교민이 탑승하고 있었다. 해외 교민 부문을 담당한 국무장관으로서 나는 현장으로 달려가 슬픔에 빠진 유족들을 살폈다.

소중한 사람을 잃은 유족의 슬픔을 옆에서 지켜보는 것은 매우 힘든 일이다. 그것은 어떤 학교에서도 가르치지 않는다. 자신이 경험한 고통에서 우러나온 공감과 삶만이 그것을 가르쳐준다. 파리에 돌아왔을 때 나는 몹시 지친 상태였다. 그런데 연이어 해외 출장을 다녀야 했다. 오스트레일리아에서는 G20 회의에 참석했고 이어 베트남, 중국, 쿠바로 향했다.

그 바쁜 일정 속에서 내 머릿속에는 여러 가지 질문이 떠올랐다. 내가 하는 모든 일을 나와 관점이 다른 팀이 제어하는 마당에 내가 실질적으로 어떤 유용성이 있을까? 더

5

구나 그 팀은 주로 대중의 관심을 받을 만한 주제를 다뤄 언론에 비치는 이미지만 신경 쓰는 외교부 장관이 손쉽게 빛나도록 하는 데만 관심이 있었다. 내 의욕은 현저히 사그라들었다. 이 아름다운 모험에서 내 흥미를 끄는 것은 과시도, 명예도, 사회적 지위도 아니었다. 나에게는 나라에 유용한 일을 완성하고자 하는 의지만이 중요했다.

2014년 여름이 끝나갈 무렵 또다시 정부 개편이 있으리라는 소문이 돌았다. 나는 깊은 고민 끝에 만약 동일한 직무를 다시 맡긴다면 사임하리라고 굳게 결심했다. 그 자리에서 나는 도무지 쓸모가 없었기 때문이다.

2014년 8월 말 나는 프로방스의 아름다운 지역인 알피유에서 휴가를 보내는 중이었다. 아르노 몽트부르 산업부 장관은 올랑드 대통령의 정치 성향에 점점 더 반기를 들었다. 그는 몇 주 전부터 언론에 그러한 반대 의견을 조금씩 흘렸고, 그의 행보는 정부 내에 반대파가 형성되고 있다는 인상을 주었다.

여름이 끝나갈 무렵 그는 사회당 기념일인 장미축제Fête de la Rose에 모인 기자들 앞에서 대통령을 공개적으로 저격했다. 기자들은 깜짝 놀랐다. 그것은 지나친 도발이었다. 대통령은 지체 없이 그를 정부에서 몰아냈고 결국 정부를 다시 구성해야 했다.

어떤 소용돌이든 나는 그 중심에 있고 싶었다. 곧장 기차를 타고 파리로 향했다. 마뉘엘 발스 총리는 내게 전화를 걸어 나를 교육부나 문화·커뮤니케이션부로 임명할 생각을 하고 있다고 말했고, 나는 문화·커뮤니케이션부를 더 선호한다고 답했다. 감사원에서 일할 때 주로 문화·커뮤니케이션부를 감사해서 상황을 잘 알고 있었기 때문이다.

문화부는 모순적인 곳이다. 앙드레 말로 같은 전설적인 인물들이 장관을 지낸 명망 있는 부처로 프랑스 문화 정책이 차지하는 특별한 지위를 누리는 반면 재원과 정치적 영향력은 부족하다. 문화부 장관의 역할 범위는 문화유산,^{박물관과 역사 유적} 창작 산업,^{영화, 시청각, 게임, 출판} 공연^{연극, 무용, 오페라} 등 공통점이 거의 없는 여러 분야에 걸쳐 있다. 문화유산과 공연은 주로 재정 지원을 받는 공공 기관이 관리·운영하지만 창작 산업은 거의 고전적 방식인 자본주의 논리를 따른다.

나는 직무를 시작하기도 전에 내 일이 유쾌한 전시 행사에 가거나 오페라 극장에서 샴페인을 마시는 것처럼 쉽고 편한 활동에 머물지 않으리라는 것을 알고 있었다. 올랑드 대통령의 임기 중반에 임명되는 바람에 내게는 효율성의 중요한 요소 중 하나가 부족했다.

바로 시간이다.

개혁에는 장기간에 걸쳐 이루어지는 것도 있는데, 짧은

109

정치 주기와 양립할 수 없는 일정에 맞춰 개혁 효과를 내야 하는 과제가 주어진 것이다. 더구나 문화계는 매우 보수적이고 변화에 소극적이다. 이곳에서 변화는 기회라기보다 위협으로 받아들여질 때가 많다. 그리고 그들은 목소리가 높다. 언론은 그들의 목소리를 받아쓰는 걸 좋아한다. 공적 토론에서 그들의 영향력은 경제나 선거에서 차지하는 비중과 정비례하지 않는다. 그보다 훨씬 크다. 그런가 하면 전통적으로 이들은 다른 사회 집단이나 직업군과 비교할 수 없을 만큼 높은 도덕적 권위를 행사한다.

나는 적극적인 행보로 영화, 대중음악, 건축 분야 사람들을 내 편으로 만든 덕분에 문화부의 악몽인 반복적 불만을 어느 정도 잠재울 수 있었다. 배우나 스태프 등 예술계 비정규직은 매우 불안정한 고용과 소득을 경험한다.

정부는 1936년에 불규칙한 소득으로 발생하는 영향을 줄이기 위해 복잡한 실업 급여 제도를 마련했다. 구조상 재정적 불균형을 초래할 수밖에 없는 이 제도는 수천 개의 페스티벌, 수백 편의 영화와 공연을 비롯해 프랑스의 영예이기도 한 문화 분야 전체의 재정을 간접적으로 재정 지원한다.

많은 문화부 장관이 이 제도의 결점을 보완하기 위한 해결책을 제시하지 못해 직을 잃었다. 문화계의 분노는 내가 임명되기 전에 이미 부풀어 오르기 시작했다. 그 탓에 그렇지 않아도 시선이 쏠리는 비정규직의 파업과 시위는 어떻게든 막아야 했다.

엄청난 양의 업무 그리고 복지부의 지난한 수없는 밀고 당기기 끝에 우리는 예산의 한계와 노조의 요구 사항이 양립하는 균형점을 찾는 데 성공했다. 그것은 멋진 성공이었다. 사실 이 제도에 관한 협상은 장관들이 자신의 자리가 걸려 있다는 것을 알고 진행하는 위태로운 외줄 타기나 마찬가지였다.

내가 우선순위에 둔 또 다른 중요한 분야는 문화 민주화다. 프랑스 국민의 문화생활 관련 통계를 보면 부유층은 박물관, 연극 공연, 오페라 공연에 가고 빈곤층은 집에서 텔레비전을 보는 것으로 나타난다. 한마디로 문화는 상류층의 특권이다. 나는 이 특권에 접근하는 길목을 넓히고 싶었다.

내가 희곡을 알게 된 것은 연극 선생님들 덕분이었고, 고전음악을 알게 된 것은 피아노 선생님 덕분이었다. 그렇게 길을 열어준 사람들이 없었다면 나는 삶의 근본적인 의미, '아름다운 것'을 접했을 때 감동하는 능력, 나아가 인간의 조건을 능가할 수 있는 능력을 아예 몰랐을 것이다.

나는 내 경험을 바탕으로 아마추어의 예술 활동을 장려하고 싶었다. 그것이야말로 사회적으로 예술과 가장 거리가 먼 대중을 문화로 끌어들이는 최선의 전략이기 때문이다. 누구나 이 아이디어에 동의할 것이다. 누가 빈곤 지역

111

아이들이 악기 연주, 합창, 연극을 쉽게 접하는 것을 나쁘게 생각하겠는가.

그런데 나는 예상치 못한 반대에 부딪혔다. 아마추어의 예술 활동을 장려하고 공연 장소를 제공하는 것이 공연 전문가들의 소득을 빼앗는 결과를 초래한다는 주장이 나온 것이다. 노조는 우리가 마련하려는 제도를 정면으로 반대하고 나섰다.

이후 나는 문화를 프랑스의 소프트 파워를 강화할 지렛대로 삼고자 했다. 이는 한국이 모범적으로 이행한 전략이다. 그러나 나는 이번에도 많은 장애물에 부딪혔다. 예를 들어 프랑스 행정부에는 태피스트리나 고가구 복원 혹은 제작과 관련해 훌륭한 노하우를 보유한 기관이 있다. 바로 모빌리에 나시오날Mobilier National이다.

이 기관은 각 부처, 박물관, 대통령과 총리의 여름 별장 등 정부의 여러 건물을 장식하고 유지·보수하는 일을 맡고 있다. 모빌리에 나시오날은 디자이너, 실내디자이너와 협업하거나 체류 프로그램을 진행하기도 한다. 또 장관들은 집무실을 꾸밀 때 이 기관이 보유한 소장품에서 장식품을 고른다. 나는 실내디자이너 노에 뒤샤푸 로렌스Noé Duchaufour-Lawrance가 디자인한 밝은 가죽을 비대칭으로 덧댄 멋진 참나무 가구를 골랐다.

나는 모빌리에 나시오날을 브랜드로 만들어 프랑스의

노하우를 수출하고 프랑스에서 100퍼센트 전통 공예 기법으로 제작한 앤티크 스타일 가구를 전 세계에 유통시키고 싶었다.

그렇지만 이 기관은 규제 때문에 제품을 판매할 수 없다. 이 규제를 바꾸려면 법령을 마련해야 하고 법령 마련에는 노조의 동의가 필요했다. 그런데 노조는 자신들의 작업을 '상품화'하는 것을 거부했다. 상품화가 제아무리 추가 수입을 의미한다고 하더라도 말이다. 이런 종류의 일화는 끝없이 댈 수 있다.

다행스럽게도 아름다운 승리도 있었다.

예를 들면 '반바지 입고 책 읽기'라는 페스티벌을 기획해 학교, 도서관, 서점 등 익숙한 환경에서 벗어나는 여름 방학에 아이들이 책과 가까이 지내도록 했다. 이때 출판사는 물론 수많은 관련 주체와 함께 해변, 레저 센터, 캠핑장, 마트 주차장에 야외 도서관을 개관해 아이들에게 책 수천 권을 제공했다. 이 도서관에서 처음 책을 접한 아이들도 있었다. 우리는 서민, 더 나아가 빈곤층이 많이 찾는 장소를 골랐다. 의미가 남다른 이 캠페인에 우리는 자부심을 느낀다.

나는 조세 제도를 개선해 영화계와 음악계의 공감도 끌어냈다. 이는 프랑스 내에서 영화나 드라마 촬영을 유도하

113

고 신인 가수를 발굴하기 위한 제도였다. 이를 위해 마지막 공식 출장에서 나는 프랑스에서 영화를 촬영하면 세금을 낮춰주는 제도를 미국 제작사들 앞에서 홍보했다. 유럽여러 나라, 특히 프랑스, 벨기에, 체코 사이에 이러한 자국 내 영화 촬영 유치 경쟁이 치열하다. 이들은 서로 더 나은 조건을 제시하면서 지역 경제에 미치는 파급효과가 클 프로젝트를 끌어들이려 애쓴다.

나는 워너브러더스사에 방문해 크리스토퍼 놀란 감독을 만났다. 그는 벨기에에서 새로운 장편 영화 〈덩케르크〉를 촬영할 예정이었다. 덩케르크는 프랑스의 항구 도시로 이곳에서 제2차 세계대전 중 중요한 사건이 일어났다. 나는 그에게 세금 경감 제도의 장점을 자세히 설명했고, 결국 놀란 감독은 〈덩케르크〉를 덩케르크에서 촬영했다. 현지 의원과 주민은 이를 매우 기뻐했다.

유감스럽게도 나는 문화부 장관 자리에 오를 자격이 없다는 근거 없는 비난으로 어려움을 겪었다. 이 문제는 내 앞을 가로막았다. 사실 처음부터 그랬다. 내가 임명되던 날 텔레비전 촬영팀은 나와 올랑드 대통령, 발스 총리가 엘리제궁 테라스에서 나눈 대화를 몰래 촬영했다.

두 사람이 내게 해준 말에는 유머와 많은 암시가 들어

있었다. 우선 그들은 내게 전임 장관들을 만나보라고 조언했다. 전임자 예방은 관례이기도 하지만 그들에게 조언과 영감을 얻을 수 있는 유용한 기회이기도 하다. 또 올랑드 대통령은 내가 매일 저녁 공연장에 가서 예술가들을 격려해야 한다고 말했다.

"그냥 좋았다고 말해줘요."

대통령은 농담으로 이렇게 말했다. 개인적으로 대통령을 잘 아는 사람만 이해할 수 있는 농담이었다.

안타깝게도 대중은 그를 문화에 문외한이고 예술가들을 무시하는 사람으로 인식했다. 내게도 나만의 로드맵을 제대로 그릴 능력이 없고 판단력도 없어서 바보 같은 조언을 들어야 할 수준이라는 이미지가 만들어졌다.

몇 주 뒤 파트리크 모디아노Patrick Modiano가 노벨 문학상을 받았고 나는 한 텔레비전 방송에 초대받았다. 진행자가 내게 모디아노 작품 중 무엇을 가장 좋아하느냐고 물었을 때 나는 어떻게 대답해야 할지 몰랐다. 그 전날 늦은 밤까지 의회 토론에 참여하느라 녹초가 된 상태였기 때문이다. 당황한 나는 중고등학교 시절 읽었던 작품들의 제목을 까맣게 잊고 말았다. 서점에 막 깔리기 시작한 최신작 제목도 생각나지 않았다.

나는 사실대로 말했다. 최신작은 읽지 않았다. 장관직에 **115** 오른 뒤 취미생활에 쏟을 시간이 없다. 내 여유 시간은 모두 나라를 위해 쓰고 있다. 나는 원래 닥치는 대로 책을 읽는 사람이다 등등 말이다.

어쩐 일인지 마지막 문장은 편집되었고, 나는 무식하고 아예 글도 모른다고 자백하는 것으로 오해받았다. 그렇게 나는 '책을 읽을 줄 모르는 여자'가 되었다. 그 꼬리표는 문화부에 있는 내내 나를 따라다녔다.

2015년 1월 7일 마뉘엘 발스 총리와 함께 공연계 비정규직의 실업 제도에 관한 기자회견을 막 마쳤을 때였다. 갑자기 풍자 신문 〈샤를리 에브도Charlie Hebdo〉의 사무실이 공격받았다는 정보가 단편적으로 들려왔다. 내 고문들은 상황이 심각해서 현장에 직접 가볼 필요가 있다고 말했다.

그때 우리는 사건이 실제로 얼마나 심각한지 모르는 상태였고 테러범들이 아직 근처에서 도주 중이라는 사실도 몰랐다. 만약 위험하다는 것을 알았다면 경호실에서 분명 우리를 말렸을 것이다. 우리는 신문사가 있는 11구 골목길에 도착했다. 경찰은 아직 통제선을 설치하지 않은 상태였다. 나는 유명한 응급의 파트리크 펠루Patrick Pelloux를 만났다. 〈샤를리 에브도〉의 기자들과 친하고 가끔 일도 같이 하는 그는 헝클어진 머리에 눈물을 흘리고 있었다. 손에는 피가 묻어 있었다.

116

그러고 보니 거리는 눈길을 주는 곳마다 피가 보였다. 경찰관 한 명이 다가와 우리에게 건물로 들어가려는 것인지 물었다. 지금 생각해보면 정말 비현실적인 장면이다. 우리는 많은 사람을 살해한 이슬람 과격주의 테러범과 마주하고 있다는 것을 깨달았다. 종교, 정치, 일상의 어리석은 짓을 신랄하게 비판하는 것을 업으로 삼은 이 풍자 신문의 편집국은 그야말로 초토화되었다. 이틀 뒤인 1월 9일 테러범들은 마트에서 인질극을 벌이며 또다시 살상을 자행했다.

모든 일이 숨 돌릴 틈 없이 이어졌다. 엘리제궁에서 열린 비공개 회의, 테러범 추격, 희생자 가족 지원센터 개설, 비통한 장례식, 생존자들에게 전하고 싶었지만 도움이 되지 못할 것이 빤한 위로……. 그것은 내가 개인적·정치적으로 겪은 극도로 폭력적인 순간이었다.

한 디자이너가 SNS에 '내가 샤를리다Je suis Charlie'라는 구호를 게시하자 삽시간에 퍼졌다. 그것은 인간을 도살자로 만들어버리는 종교적 환상에 혐오감을 보이는 사람들에게 던져진 절대명령이었다.

나는 뼛속까지 무신론자다. 나에게 신성모독의 권리는 프랑스 헌법과 법치가 보장하는 표현의 자유에 속한다. 테러범들은 살육으로 프랑스 공화국의 기본 원칙을 상징적으로 뒤흔들고자 했다.

117

5

그로부터 몇 달 뒤 또다시 최악의 상황이 벌어졌다.

2015년 11월 13일 나는 딸의 방에 있다가 올랑드 대통령이 축구를 관람하던 경기장 스타드드프랑스를 비롯해 파리 곳곳에서 벌어진 충격적인 장면이 담긴 트위터 게시물들을 보았다. 처음에는 몇 개 되지 않았지만 그 수는 점점 늘어났고 급기야 통신사들이 11구 식당가와 전설적인 공연장인 바타클랑Bataclan에서 총격전이 벌어졌다는 속보를 발표하기 시작했다.

우리는 지금 무슨 일이 벌어지고 있는지 조금씩 머릿속에 그려볼 수 있었다. 그것은 이성을 뛰어넘는 사건이었다. 시체와 무차별 총기 난사, 록밴드 공연장에서 일어난 대규모 인질극이었다.

자정에 긴급 사태 선포를 결정하기 위해 특별 각료회의가 소집되었다. 파리 상공에는 헬리콥터들이 날아다녔고 지상에는 경찰과 군대가 배치되었다. 충격과 공포, 분노에도 불구하고 올바른 결정을 내려야 할 때였다. 그 순간 대통령과 총리, 내무부 장관의 어깨를 짓누르는 무게가 어느 정도였을지 짐작도 가지 않는다.

그들은 수백 명의 목숨이 달려 있고 테러범들이 몸에 폭탄을 두르고 있을지도 모를 상황에서 경찰과 군대를 바타클랑에 투입할지 결정해야 했다. 그 결정의 결과는 돈으로, 인플레이션 비율로, 적자 규모로, 성장률로 계산할 수

118

없다. 그것은 피해를 보고 트라우마를 겪고 좌절에 빠질 사람들의 문제였다.

테러의 경악할 규모와 그 상징적 의미는 정부와 국민이 결집하는 결과를 낳았다. 테러 발생 후 몇 시간 만에 유례 없는 시위가 조직되었다. 전 세계 국가수반은 대부분 별다른 예고 없이 시위에 동참했다. 그들은 시위 현장에 모습을 드러냄으로써 슬픔에 빠진 프랑스와의 연대를 보여주었고, 나아가 민주주의가 옹호하는 권리와 자유를 위한 투쟁, 종교의 극단주의에 대항하는 투쟁을 지지해주었다.

2016년 2월 새로운 각료 교체가 발표되었다. 대통령이 나를 배제하고 정치적으로 영향력 있는 인물을 선택한다면, 그것은 그리 놀랄 일이 아니었다. 당시 대통령은 아직 차기 대선에 입후보할 가능성을 몰랐지만 아무래도 선거 캠페인에 유리한 인물을 원했다.

바로 그런 이유 때문에 5년 임기의 마지막 몇 달 동안 나를 이어 장관직을 수행할 사람의 이름을 들었을 때 나는 무척 놀랐다. 내 후임자는 대중에게 전혀 알려지지 않은 인물이었고 사회당을 위해 캠페인에 참여한 사람도 아니었다. 나는 장관직을 수행하며 이끈 정책 중 비난받을 만한 일은 없었다고 생각하며 일부 정책은 실질적인 성공을 거두기도 했다.

나는 나중에야 올랑드 대통령의 최측근 중 문화계에서

119

폭풍의 눈으로
더 가까이

큰 대표성이 없거나 아예 전무한 사람들이 오래전부터 대
통령에게 내가 장관으로서 인기도 없고 그 자리에 오를 자
격도 없다고 말해왔다는 것을 알게 되었다. 대통령이 그들
의 말을 어느 정도 믿었다고 볼 수밖에 없다.

　결국 나는 정부를 떠났다. 생각지도 못한 책임 있는 자
리에 올라 국가를 위해 일하는 소중한 기회를 얻었기에 씁
쓸한 감정은 없었다. 정부에서 보낸 4년은 빠른 속도로 삶
을 배우는 학교 같았다. 아시아인 외모의 젊은 여성으로서
나는 조금은 새롭고 더 현대적이며 직설적이면서도 정직
한 정치 스타일을 구현했다. 지금도 파리 거리를 걷다 보
면 사람들이 종종 나에게 고맙다는 인사를 건넨다. 정부를
떠난 뒤 나는 몇 달 동안 다시 감사원에서 일했다. 그러나
2016년 여름 공직에서 완전히 물러났다. 15년 이상 국가
를 위해 일했으니 이제 새로운 모험을 시작할 때였다.

Une Vie Entre Deux Rives

내가 한국에 '다시 돌아오는' 방식은 다른 많은 입양아가 그랬듯 생물학적 부모를 찾는 것일 수도 있었다. 하지만 나는 그런 것에 아예 관심이 없었다. 부모가 누구인지 안다고 해서 내가 더 '완전한' 사람이 되거나 마음이 더 평온해지는 것은 아니라고 믿기 때문이다.

123

돌아오는
방식

돌아오는
방식

Retour en Corée

영국 시인 데버라 리비Deborah Levy는 자전적 에세이 《알고 싶지 않은 것들Things I Don't Want to Know》에서 이렇게 썼다.

"내가 과거를 생각하지 않더라도 과거는 나를 생각한다."

한국과 한국인이 나를 생각하는 것은 확실하다. 개인의 '나'가 아니라 한국이 경제 발전을 이루기 전인 1970년대와 1980년대에 전 세계로 입양 보낸 아이들을 향한 집단적 죄의식 형태로 나를 생각하는 것이다.

나는 한국을 생각하지 않았다. 이 말이 충격적일 수도 있지만 솔직히 털어놓고 싶다. 한국은 내 정신세계에서 오랫동안 배제되어 있었다. 나는 프랑스에 완전히 동화해서 살았고 정체성 문제나 애정 결핍을 전혀 겪지 않았다. 만약 그랬다면 내 주위의 몇몇 사람이 그랬듯 나도 생물학적 뿌리를 찾으려고 했을지 모른다.

에섹경영대학교에서 일본어를 배우고 몇 달 동안 도쿄에 기업 연수를 받으러 간 적이 있다. 이상하게 들릴지 모르지만 그때도 가까운 서울에 들를 생각은 한 번도 하지 않았다. 한국은 이미 1990년대에 '아시아의 용'으로 불렸으나 서양은 일본을 더 주목하고 있었다. 서양인들은 일본

의 눈부신 경제 성장과 재벌의 권력에 매료되었다. 만화,
음식, 애니메이션 등 일본인의 생활 양식도 서양에서 인기
를 얻기 시작했고 이후 큰 성공을 거두었다.

1991년 일본에 간 것은 내가 처음으로 문화적 이타성을
경험할 기회였다. 일본인의 사고방식, 관례, 도시 미학, 기
업 문화, 음식, 풍경 등은 모두 이국적이었고 놀라움을 자
아냈다. 나는 홈스테이도 해보고 회사 기숙사에서도 살아
봤다. 과자 판매대, 공장 그리고 위계질서를 강조하는 전
통적인 사무실에서 일하기도 했다.

아주 사소한 일부터 심오한 일까지 유럽과 매우 다른 사
회적 행동 양식에 직접 부딪혀보니 그 어느 때보다 내가
프랑스인임이 느껴졌다. 도쿄에서 건널목으로 길을 건너
지 않는 사람, 에스컬레이터에서 좌측에 서지 않는 사람은
무조건 프랑스인이다. 일본인은 그런 프랑스인을 놀란 눈
으로 바라본다.

반대로 나를 비롯한 프랑스인은 일본 사회의 경직성언어도
존대법이 발달해 원어민이 아니면 완벽하게 구사하기 힘들다과 여성에 대한 뿌리 깊
은 비하에 놀라고 충격을 받는다.

자동차 기업 하청업체에서 연수를 받을 때였다. 사람들
은 내게 다른 여성 직원처럼 남성 직원보다 10분 먼저 출
근해 사무실 청소를 해야 한다고 알려주었다.

이듬해에는 다시 3개월 동안 도쿄의 한 은행에서 연수

126

를 받았다. 고용인 2만 명을 둔 이 은행에 다니며 나는 여성 전용 기숙사에서 묵었는데, 그곳에는 여성 임원들만 머물 수 있었다. 기숙사는 도쿄 서쪽에 있는 교외 지역의 작은 건물로 신주쿠역에서 지하철로 몇 정거장 거리였다. 그곳에서는 일곱 명이 함께 거주했다. 직원이 2만 명인데 여성 임원이 고작 일곱 명이라니…….

일본에 살면서 나는 남녀가 균등한 기회와 권리를 반드시 보장받는 것은 아니라는 것을 처음 실감했다. 이 경험으로 향후 여성 운동이 오랫동안 뜨거운 사회 문제가 되리라고 확신했다.

1993년 가을 두 번째 연수가 끝나고 프랑스로 돌아가기 전, 나는 아시아에 온 김에 관광을 좀 해볼까 했다. 그때 홍콩에서 친구들과 주말을 보냈다. 그렇게 비행기만 타면 엎드려 코 닿을 곳에 있던 고향 땅을 또다시 스쳐 지나갔다.

오랜 시간이 지난 뒤 삶은 그런 무심함을 회복할 뜻밖의 기회를 주었다. 내가 혁신과 디지털 경제를 담당하는 특임 장관으로 임명되었을 때, 해외 출장 일정의 우선순위에 한국 방문이 있었던 것이다.

기술 혁신에서 첨단을 달리고 있고 삼성, 현대, LG전자 등 대기업이 있는 민주주의 국가 한국과 협력할 분야가 아

127

주 많았고 전망도 좋아 보였다. 한국 기업들과의 파트너십은 지정학적 측면에서 점점 더 강한 우려를 낳고 있던 중국 제조사들의 훌륭한 대안이 될 수 있었다. 올랑드 대통령은 선출 직후 한국과 특별한 관계를 키워가고자 했다. 양국의 관계 확장과 강화를 위한 프랑스 정부의 '대사' 역할이 자연스럽게 내게 주어졌다.

2012년 프랑스 대선 당시 한국 기자들은 내가 걸어온 길에 관심을 보였다. 그들은 나를 따라다니며 장편 다큐멘터리를 만들 테니 허락해달라면서 내 홍보 담당과의 회의를 요청했다. 내가 공식 임명되자 한국의 유력 언론사에서 인터뷰 요청이 들어왔다. 그렇지만 파리에 있다 보니 나는 한국인들이 내 성공을 얼마나 자랑스러워하는지 가늠하지 못했다. 그들은 마치 자기가 성공한 것처럼 기뻐했다. 한참 뒤 조선일보가 나를 소피 마르소 다음으로 한국에서 가장 잘 알려진 프랑스인으로 선정했다.

내 이야기는 한국에서 흔히 유명 정치인이 받을 법한 것과 완전히 다른 반응을 불러일으켰다. 그것은 영화계나 음악계 스타들이 받는 인기와 비슷했다. 그런 반응은 정말 뜻밖이었다.

프랑스에서 나는 현대적이고 언제나 다가갈 수 있는 친

근한 장관의 이미지를 심어주고 싶어 했지만 정치를 엔터테인먼트와 혼동해서는 안 된다고 믿었고 지금도 그렇게 믿고 있다. 특히 24시간 들여다볼 수 있는 텔레비전 채널과 SNS의 영향으로 두 세계의 경계가 흐려지는 요즘에는 더더욱 그렇다.

정치에 투신한 사람은 사람들을 즐겁게 해주거나 유명해지기 위해서가 아니라 공공의 이익을 위해 일하고 겸손한 자세를 유지해야 한다고 생각한다. 대중에게 긍정적 이미지를 주기 위한 홍보 전략은 직무를 더 효율적이고 영향력 있게 행하기 위한 수단일 뿐이다. 아무튼 나는 프랑스에서는 연예계 스타에게 쏠릴 만한 인기를 경험하지 못했다. 인기는 한국 땅에서 알게 되었다.

내가 프랑스 정부의 장관에 임명되었다는 소식이 알려진 뒤 한국에서 심오한 토론이 이루어진 사실을 알았다. 언론은 한국의 이민자 수용 정책과 계층 이동 문제를 제기했다. 내가 임명되었을 당시 한국의 한 여성 국회의원이 필리핀 이민자라는 이유로 비난을 받고 심지어 괴롭힘을 당한 일이 신문의 1면을 장식했다. 그와 반대로 나는 사회적 신분 상승으로, 통합과 관용을 중시하는 사회를 상징하는 인물로 떠올랐다.

129

2013년 3월 나는 처음 서울을 공식 방문하기 위해 비행기에 올랐다. 아기 요람에 누워 반대 방향으로 향한 지 거의 40년 만이었다.

인천 공항에 도착하자마자 충격이 몰려왔다. 공항 라운지에는 나를 기다리는 기자들이 장사진을 이루고 있었다. 카메라 플래시가 쉴 새 없이 터지며 장거리 여행으로 헝클어진 머리에 초췌한 나를 찍어댔다. 마중 나온 의전팀은 일개 장관일 뿐인 나를 마치 국가원수 대하듯 했다. 우리 대표단은 경찰의 사이드카 에스코트를 받으며 호텔까지 이동했다.

우리 일행은 놀라지 않을 수 없었다. 이런 특혜는 보통 대통령만 누리기 때문이다. 체류 기간 내내 기자들은 하루도 빠짐없이 나를 촬영하고 온갖 각도로 사진을 찍어댔다. 그리고 매번 느낌이 어떠냐고 물었다. 당시에는 나는 아무것도 느끼지 못했다. 일단 주위에 사람이 너무 많았고 요청도 너무 많았다. 한국 방문을 내가 기대했던 개인적인 경험으로 만들 수가 없었다.

내가 현지에서 불러일으키는 감흥을 제대로 인지한 것도 이 첫 번째 출장 때였다. 프랑스에서도 한국 언론의 요청을 많이 받아서 어느 정도 예상은 했지만 실제 상황은 알지 못했다.

광장시장에 갔을 때 복잡한 시장 골목에서 노부인들이

나를 붙잡고 축하한다고 말했다. 어떤 중년 남자는 활짝 웃으며 비단으로 만든 예쁘고 아담한 전통 지갑을 선물로 주었다. 나는 그 지갑을 지금도 사용한다. 기업 대표들은 면담을 시작할 때마다 나를 자랑스럽게 생각한다는 말을 빼놓지 않았다. 나는 박근혜 대통령, 총리, 여성가족부 장관, 서울시장도 차례로 접견했다.

삼성을 방문했던 일도 잊히지 않는다. 이재용 부회장은 쇼룸을 보여주었고 그보다 더 큰 배려로 R&D 센터도 방문하게 해주었다. 그때 이 부회장은 화면이 접히는 폴더블 휴대전화 시제품을 보여주었는데 그 제품을 상용화하기까지 7~8년이나 걸린 것은 재미있는 일화다.

영상과 음악 분야에서 두드러지게 활동하는 CJ그룹의 이미경 부회장을 처음 만난 것도 이때였다. 이 부회장은 1994년 미국 드림웍스 투자를 이끈 비저너리다. 그녀는 무엇보다 영화 〈기생충〉으로 2020년 칸 영화제에서 황금종려상을, 아카데미 영화제에서 작품상을 수상하는 등 세계적으로 성공을 거둔 봉준호 감독 작품의 총괄 제작자이기도 하다. 나는 이 훌륭한 여성의 놀라운 재능, 에너지, 따뜻함을 매우 존경하고 사랑한다.

이때의 공식 방문은 내가 기대한 여행이 아니었다. 그 대신 이 여행을 통해 내가 프랑스와 한국의 정치, 경제, 문화 협력에서 역할을 할 수 있으리라는 생각을 하게 되었다. 나는 프랑스와 한국이 서로에게 유익한 협력을 모색할 수 있다는 사실에 기뻤고 내 독특한 신분이 그 협력을 구체화하는 데 도움을 줄 수 있어서 들떴다.

2014년 나는 당시 총리였던 장마르크 애로와 함께 다시 서울을 방문했고, 2015년에는 올랑드 대통령의 국빈 방문을 수행했다. 그해에 감독 클로드 를르슈, 배우 소피 마르소와 함께 부산국제영화제에 참석하기도 했다. 숙명여대에서 명예 경제학 박사학위를 받기도 했다.

이것이 내가 한국을 네 번 공식 방문했을 때의 기억이다. 모두 초를 다투며 쉴 새 없이 움직인 일정이었다. 이렇게 특혜를 누리는 상황에서 한국을 연속 방문한 것은 나에게 엄청난 행운이었다.

하지만 한국, 한국인과 개인적인 관계를 맺을 기회를 얻지 못한 채 바쁜 공식 일정을 소화하다 보니 계속해서 실망감이 쌓여갔다. 그럼에도 마음속에서 뭔가가 꿈틀거리기 시작했다. 한국에서 나는 평범한 외국인이 아니었다. 나는 마치 딸처럼 받아들여졌다. 내 생각과 상관없이 외모는 주변과 조화롭게 섞여들었다. 음악처럼 들리던 한국어는 점점 더 익숙해졌고 반복되는 단어를 알아듣다가 가끔은 말로 하기도 했다. 그래서 집에 왔다는 편안함을 조금씩 느끼기 시작했다.

이 꼭지를 쓰려고, 스마트폰에 저장한 지난 8년의 사진을 가끔 훑어보았다. 기억이 정확하지 않아 연도를 틀리는 일도 있기 때문이다.

2013년 내가 서울에 가기 직전에 프랑스 대중가요 시상식인 '음악의 승리상Victoires de la Musique'에서 가수 싸이와 찍은 사진이 있다. 유니버설뮤직 대표였던 파스칼 네그르Pascal Nègre가 찍어준 것이다. 싸이는 흥분에 휩싸인 청중 앞에서 춤을 추고 내려온 직후였지만 그 역시 내가 한국에서 태어났고 프랑스에서 고위직까지 올랐다는 사실에 자랑스럽다고 말했다. 그는 나를 '누나'나 '사촌 누나'라고 불렀다.

강남에 있는 천재적인 자수 전문가의 집에 방문했을 때 찍은 감동적인 사진들도 있다. 자수 전문가는 나를 알지도 못하면서 한복을 만들어주겠다고 했다. 선물로 받은 한복은 정말 아름답다. 초록색과 연한 분홍색 비단을 여러 겹 겹쳐 만들었는데 아주 섬세한 자수 장식이 있다. 나는 한국 주재 프랑스대사관의 리셉션 행사에 그 한복을 입고 나가 사람들에게 큰 인상을 남겼다.

수백 장의 사진으로 이루어진 이 모자이크는 내가 고향과 조금씩 회복해가는 관계의 역사를 그려준다. 2016년 공직에서 물러났을 때 나는 남편 로랑과 그의 두 아들 그리고 열두 살 된 내 딸을 한국에 데려갔다. 그때 찍은 사진은

133

돌아오는
방식

영락없는 관광객의 모습이다.

우리는 여러 사찰, 북한과 국경을 맞대고 있는 비무장지대에 가봤고 다도와 길거리 음식도 알게 되었다. 설악산에도 올라보고 제주도의 웅장한 해안을 따라 걷기도 했다. 또 서예를 배우고 한복을 입고 가족사진도 찍었다.

강렬하고 즐거우며 풍요로운 특별한 여행이었지만 실은 내면 성찰보다 여가에 더 가까웠다. 그 이후의 사진은 조금씩 성격이 달라진다. 지인들과 보낸 즐거운 시간, 술잔을 부딪치며 우정을 나눈 순간, 삶의 의미를 두고 끝없이 대화한 순간, 노래방에서 밤을 새우며 노래를 부르던 순간, 일과 관련해 중요한 사람들을 만난 순간 등이 내 생활의 일부가 되어가고 있었던 것이다.

이러한 관계 회복에는 몇몇 사람이 결정적인 역할을 했다. 그들에게 진심으로 고맙다. 우선 프랑스에 사는 친구 효정이 있다. 효정은 프랑스와 한국의 문화 협력 프로젝트를 기획하는 사람이다. 내가 장관직을 그만두었을 때 서울에 다시 가볼 기회를 준 사람도 그녀다. 효정은 나를 양기대 광명시장에게 소개해주었다. 시장은 나를 광명시 홍보 대사로 임명하고 싶어 했고 라스코 동굴 전시회 개관식에 나를 초대했다. 이런 좋은 기회로 2016년 정부 차원이 아닌 제대로 된 내 첫 한국 방문이 이루어졌다.

또 나에게 아주 중요한 사람들은 네이버의 파트너들이

다. 이들과도 친구가 되었다. 프랑스 독자를 대상으로 이 책을 썼다면 모르겠지만 한국 독자에게 네이버를 소개할 필요는 없을 것이다. 내가 네이버 경영진과 알게 된 사연을 소개하면 이러하다.

내 첫 콘택트 포인트는 당시 대표이사였던 김상헌과 그의 오른팔 한석주였다. 두 사람은 지금의 나에게 매우 중요한 인물이다. 우리는 일 차원을 넘어 존중, 공감, 상호이해, 많은 유머로 이루어진 훨씬 풍요롭고 복합적인 관계를 맺었다. 김상헌 전 대표이사는 나처럼 고위 공직자 출신이다.

그는 내가 아는 사람 중 지식이 가장 많은 사람이다. 그의 지적 호기심은 그가 자유로운, 즉 한계와 편견이 없는 영혼임을 보여준다. 그의 취향은 벨기에 독립영화 감독 다르덴 형제에서 브라질 사진작가 세바스치앙 살가두 Sebastião Salgado까지 확장되고 일본 만화에서 한국 역사를 다룬 고서 수집, 스타트업 투자에서 미식에 이르기까지 다양하다. 그는 세대를 불문하고 경영자와 스타트업 창업자가 존경하는 멘토다.

그와 대화를 하면 어떤 주제라도 대화 소재로 꺼낼 수 있다. 그리고 늘 명민하고 대화 주제와 관련된 수많은 일화를 맛깔나게 소개한다. 무엇보다 인상 깊었던 것은 그의 '사회적'이고 인간적인 지성이었다. 김 대표는 사람들과 함께 있다가 누군가가 불편해하면 금세 눈치를 채고 분위기를 맞춘다. 다른 사람 눈에는 그런 불편함이 보이지도 않는데 말이다. 다른 사람들은 감지하지 못하는 동요나 아주 작은 목소리 변화에도 그는 민감하게 반응해 그것을 즉각 해석한다. 나는 지성이 닿을 수 있는 최고의 형태는 그러한 섬세함이라고 생각한다. 그에 관한 이야기는 여기서 마칠까 한다. 여러분도 이해하겠지만 내 진정한 친구인 김 대표가 민망해할까 봐서다.

3년 전부터 파리에서 네이버 프랑스 지사를 맡고 있는 한석주도 마찬가지다. 나는 네이버와 일을 시작한 뒤 거의 매일 그와 얘기를 나누었다. 프랑스 사업과 한국 본사 사이에서 연결고리 역할을 하고 매일같이 문화 차이로 생기는 문제를 해결하려면 엄청난 재능과 명민함이 필요하다. 한석주는 그런 문제들을 현명하고 수완 좋게 극복했다. 우리는 서로 잘 통했고 어떨 때는 굳이 말하지 않아도 나아가야 할 방향에 관한 생각이 똑같았다. 김 대표와 마찬가지로 한석주도 단순한 동료가 아니라 내가 함께 수다 떨기를 좋아하는 진정한 친구다.

네이버 설립자 이해진은 내가 한국에서 벌이는 사업의 후견인 같은 인물이다. 그는 매우 조심스럽고 사교 활동을 좋아하지 않으며 노출되는 것을 꺼린다. 말을 거의 하지 않거니와 사생활도 전혀 공개하지 않는다. 그래서인지 그는 대중에게 미스터리한 아우라를 풍긴다.

김상헌 대표는 2015년 이해진에게 나를 만나보라고 했다. 그의 직감대로 우리는 지적으로 금세 친해졌다. 시간이 지나고 교류가 늘어나면서 나는 이해진의 사업 비전에 점점 더 깊은 인상을 받았다. 그가 미래를 이해하고 예측한 뒤 그것을 사업 방정식에 녹여내는 방식뿐 아니라 그의 강력한 리더십은 무척 놀라웠다. 그처럼 조용하고 나서기 싫어하는 사람에게서 찾아보기 힘든 장점이다.

우리는 유쾌한 분위기를 즐기기도 하는데 때로는 박장대소가 터져 나온다. 유머와 자기 비판은 우리를 가깝게 만든 많은 요소 중 중요한 자리를 차지한다.

이들이 없었다면 내가 장관 재직 시절 한국을 방문한 것을 빼고 다시 한국을 알아가려는 기회를 자발적으로 만들지 않았으리라 나는 거의 확신한다. 내가 원했든 원하지 않았든 내 정체성의 일부를 형성하는 것을 그냥 지나쳤을 것이다. 그런 의미에서 그들은 나에게 마음의 대부이자 대모다. 나는 그들에게 영원히 감사할 것이다.

나는 마음속에서부터 한국과의 관계를 재정립했다. 그와 동시에 한국의 정치 상황, 전통문화, 영화 등에 많은 관심을 기울이기 시작했다. 한국에서 사람들을 더 많이 알아갔고 그들을 만나는 것은 내게 큰 기쁨이었다. 그들은 한국 사회와 문화 등 내게 많은 것을 알려주었다.

솔직히 말하면 나는 2016년 한국에서 새로 태어난 기분이다. 그리고 프랑스와 한국을 잇는 다리에서 작은 주춧돌 역할을 할 수 있어서 기쁘다. 양국 관계를 상징하기 위해 사람들이 나를 자주 찾는 것도 행복하다. 이는 내 고향과의 관계를 유전자가 아닌 사고와 지성으로 다시 회복하는 아름다운 방식이라고 생각한다.

내가 완전한 프랑스 사람으로 느낀다고 말해서 실망한 한국인이 있다는 것을 지금은 이해한다. 국가를 향한 뿌리 깊은 애정, 희생도 감수하는 애국심은 한국인의 근본이다. 그들은 역사뿐 아니라 내가 전혀 알지 못해 내 가치 체계에 아예 존재하지 않는 유교 전통으로도 설명할 수 있다.

내가 한국에 '다시 돌아오는' 방식은 다른 많은 입양아가 그랬듯 생물학적 부모를 찾는 것일 수도 있었다. 하지만 나는 그런 것에 아예 관심이 없었다. 부모가 누구인지 안다고 해서 내가 더 '완전한' 사람이 되거나 마음이 더 평온해지는 것은 아니라고 믿기 때문이다. 내가 왜 버려졌는지 알고 싶은 마음도 없다. 아마 비천한 정도는 아니어도 슬픈 이유일 것이다.

그런데 내가 장관이 되고 서울에서 유명해지자 뜻밖의 피해가 발생했다. 내 가족이라고 주장하는 한국인들의 편지를 몇 통 받았는데 그중에는 유전자 검사 결과지도 있었다. 그

138

편지는 형식만 봐도 믿을 만하지 않았고 나는 전혀 동요되지 않았다. 편지를 서랍 한구석에 넣어두고 최근 다시 열어볼 때까지 한 번도 생각해본 적이 없을 정도다. 시간이 갈수록 내가 한국으로 돌아간 것은 내 근원을 찾아 떠난 여행 차원을 훨씬 넘어서는 것 같은 생각이 들었다.

그런데 프랑스로 입양되기 전 내가 한국에서 보낸 첫 몇 달에 관한 내 관점은 최근 달라졌다. 앞서 말했듯 지금까지 그 몇 달은 내게 존재하지 않는 시간이었다. 아예 생각의 영역 밖에 있었다.

몇 년 전 어머니는 그때까지 소중하게 간직해온 내 입양 서류를 내밀었다. 파일에 잘 넣어 상자에 보관해온 것이다.

상자에는 홀트아동복지회의 로고를 수놓은 크림색 아기 옷도 함께 들어 있었다. 내가 프랑스로 올 때 입고 온 옷이었다. 아주 작은 전통 신발도 들어 있었다. 그러니까 이 물건들이 내가 유일하게 가져온 짐이었다.

나는 어머니에게 받은 상자를 들여다보지도 않고 서랍장 제일 위 칸에 올려두고는 잊어버렸다. 그러다가 이 책을 쓰기 시작하면서 갑자기 그 상자가 생각났다. 상자는 내가 올려둔 곳에 그대로 있었다. 스키 장비와 아이들의 가장행렬 의상을 담은 가방들 사이에서 언젠가 비밀을 드러낼 순간을 참을성 있게 기다린 모양이었다.

상자에는 내 입양과 관련된 수백 장의 서류가 시간 순서

대로 정리되어 있었다. 예를 들어 지방에 사는 부모님에게 보낸 1974년 2월 26일 자 긴급 전보에는 내가 사흘 뒤 파리에 도착한다는 내용이 담겨 있었다.

"3월 1일 401편 르부르제공항 9시 05분 아이 도착."

김종숙이라는 이름과 서울–도쿄–암스테르담–파리라는 경로가 적힌 비행기표도 있었다. 내가 현재 사외이사로 있는 KLM 항공사 표라는 사실을 알고 깜짝 놀라기도 했다. 대부분 프랑스 측 행정 서류인 파일을 넘기다가 홀트의 이름이 찍힌 '출생 배경'이라는 서류를 봤다. 내가 홀트에 들어간 1973년 9월 4일에 작성한 서류였다.

홀트아동복지회 위탁인: 마포경찰서.
아이가 버려진 시간과 장소: 1973년 9월 4일 오전 6시 30분쯤 서울 마포구 망원동 317번지 거리에서 행인이 아이를 발견하고 마포경찰서에 맡김.

나는 이 보고서를 읽고 약간 충격을 받았다. 내가 발견된 장소의 주소가 상세하게 기록되어 있었기 때문이다. 내가 프랑스와 한국을 오가는 동안 혹시 그곳을 수도 없이 모르고 지나친 게 아닐까?

나는 이 서류를 친구가 된 한석주에게 보여주었다. 우리는 네이버맵에서 주소를 찾아보았지만 너무 오래된 주소

140

거나 지금은 사라진 주소인지 위치를 정확히 찾을 수 없었다. 결국 다음번 한국 출장 때 일단 그 동네에 가보기로 했다. 무엇을 기대해야 하는지도 모르지만 아무튼 그곳에 꼭 가봐야 한다는 생각이 든다.

어머니는 파일 안에 내가 받은 편지 두 통도 같이 넣어 두었다. 내가 장관에 임명되었을 때 내 부모라고 주장하는 한국인들이 보낸 편지였다. 사실 어머니에게 편지를 보여 드렸는지 기억나지도 않는다. 홀트의 보고서들을 읽고서 야 궁금증이 커진 나는 한국어로 작성된 편지들을 한석주에게 보여주고 무슨 내용인지 얼려달라고 부탁했다.

첫 번째 편지는 내용이 짧고 약간 중구난방이었다. 흑백 사진도 첨부되어 있었다. 퇴직한 경찰관이라고 밝힌 그는 30년 동안 하루에 다섯 시간씩 신에게 기도했고 꿈에서 내 목소리를 들었다고 했다. 그는 나의 출생에 대해 알게 되 었다면서 편지를 보내기 전에 심사숙고를 했으며 내게 좋은 삶을 살 기회를 준 신과 내 부모님, 홀트아동복지회 회장에게 감사한다고도 했다.

또 다른 편지는 더 길고 그나마 더 말이 되는 내용이었다. 프랑스 문학을 좋아해서 프랑스의 외방전교회 소속인 셀레스텡 코요스Célestin Coyos 신부를 알고 지냈다는 전직 출판업자가 보낸 편지였다. 나는 인터넷에서 코요스 신부를 검색해보고 그가 1953년 북한에 납치·감금되었고 나중에 회고록을 남겼다는 것을 알게 되었다. 이 편지에는 유전자 검사 결과지가 들어 있었다. 궁금해서 나도 유전자 검사를 받아볼까 했지만 프랑스에서는 법원이나 경찰이 요청하지 않는 한 이런 검사는 불법이다.

한석주와 함께 편지들을 자세히 들여다볼 때는 우리가 마치 형사물 주인공이 된 것 같아 약간 상기되었다. 솔직히 말하면 그런 흥분은 내 출생 비밀을 캐는 것보다 미스터리를 파헤치는 느낌 때문이었다. 이 편지들은 유전자 검사 결과지와 함께 여전히 파일 속에 들어 있다. 이후 그 존재를 잊고 지냈기에 결국 진행된 것은 아무것도 없었다.

Une Vie Entre Deux Rives

144

나는 직접 창업하는 것이므로 실패는
온전히 내 책임이고 다른 사람에게 돌릴
수 없었다. 특히 공직을 떠남으로써
네이버 파트너들에게 앞으로 열심히
임하리라는 신호를 보낸 셈이어서 결정을
내리고 흡족했다. 사직서에 서명하면서
나는 실패해도 돌아갈 자리가 없고
고위 공직자의 넉넉한 월급과는 영원히
안녕이라는 것을 잘 알고 있었다.

유예 없는
시작

유예 없는
시작

Une vie entre deux rives

2016년 2월 11일 나는 상원의원들 앞에서 몇 달 전부터 팀과 함께 준비한 문화 정책에 관한 법률 입법을 설득하고 있었다. 이 법안의 제1조항은 창작의 자유를 주장한다. 〈샤를리 에브도〉 만평가들을 대상으로 한 테러가 벌어진 이후 나는 민주주의 사회에서 예술가들은 표현의 자유를 누려야 하며 이는 충격적이거나 마음을 불편하게 하는 내용일 때도 예외가 없음을 법적으로 확립해두는 것이 반드시 필요하다고 생각했다.

정부 내에는 긴장감이 감돌았다. 각료 교체가 진행 중이었고 우리 모두 또다시 자리에서 밀려날 수 있다는 걸 잘 알고 있었기 때문이다.

휴식 시간에 나는 대통령의 전화를 받았다. 그는 약간 난감해하며 내가 장관직을 이어갈 수 없으리라고 말했다. 대통령은 밀려나는 장관에게 직접 전화를 걸어 소식을 미리 알릴 만큼 한가하지 않기에 그의 전화는 나를 존중한다는 표시로 볼 수 있었다. 장관들은 보통 뉴스에서 자신의 해임 소식을 듣는다.

어느 정도 예상한 일이지만 충격은 꽤 컸다. 2017년 대선이 다가오고 있었고 나는 올랑드 대통령이 대선 캠페인

147

에서 문화계를 동원할 수 있을 만큼 '정치적'으로 더 노련한 사람을 내 자리에 임명할 것이라 예상했다. 아무튼 나는 장관직을 수락할 때 이미 그에 내포된 불안정과 위험도함께 받아들였다. 그것이 룰이니 말이다. 그렇지만 장관실에서 함께 근무한 동료들이 하루아침에 실업자가 될 생각을 하니 가슴이 아렸다.

우리는 서둘러 집무실로 돌아가 짐을 싸고 후임자에게자리를 내주어야 했다. 흥분과 슬픔이 교차했고 안도감마저 들었던 것 같다.

2015년 12월 대통령과 총리가 프랑스에서 태어나 이중국적을 가진 사람들이 테러 행위를 저질렀을 때 프랑스 국적을 박탈한다는 결정을 내렸는데 나는 심기가 불편했다.온 나라가 테러의 충격에 휩싸이자 올랑드 대통령은 눈에띄는 확실한 정책을 내놓아야 한다는 압박을 받았다. 그러나 법률적으로든 철학적으로든 프랑스 국적만 가진 국민과 여러 국적을 가진 국민을 차별하는 것은 말이 되지 않는다.

나로서는 정부 결정을 지지해야 하는 입장이라 라디오와 텔레비전 인터뷰에서 여러 번 이 정책을 옹호했지만 실은 무척 난감했다. 차별적인 이 법안은 진보 진영 지지자대다수를 분노하게 했고 상원과 하원에서도 격렬한 토론이 벌어졌다. 결국 2016년 3월 말 대통령은 이 법안을 철

회했다. 시간 낭비가 아닐 수 없다.

다시 2016년 2월로 돌아가자. 장관직에서 해임된 나는 국립행정학교를 졸업한 뒤 법관으로 근무한 감사원으로 돌아갔다.

장관이 일상으로 돌아가면 적응하기가 쉽지 않다. 흔하지 않은 경험을 한 뒤 다시 혼자가 되는 것, 더 이상 울리지 않는 테이블 위 전화기를 바라보는 것, 나를 예전처럼 존중하지도 않고 아예 거리를 두는 주변 사람 등 모든 것이 견디기 쉽지 않았다. 옛 동료 중 몇 명은 문화부에서 나온 뒤 우울한 시기를 겪었다. 나는 그 정도까지는 아니었지만.

나는 남편과 캘리포니아에서 일주일 동안 휴가를 보냈고, 다시 찾은 자유가 정말 좋았다. 어쩔 수 없이 떠난 휴가에서 나는 지난 5년간 숨 돌릴 틈 없이 지내며 몸이 얼마나 많이 상했는지 깨달았다. 그런데 한국이 매우 빠르게 내 삶 속으로 들어왔다. 그것도 전혀 예상하지 못한 방식으로.

2016년 3월 나는 두 사람에게 거의 동시에 연락을 받았다. 먼저 한국과 프랑스의 협력 프로젝트를 기획하고 양기대 광명시장의 고문으로 일하던 효정에게 연락이 왔다. 양기대 시장은 라스코 동굴을 그대로 재현한 야외 전시회를 계획하고 있었다. 그곳에 건축가 장 누벨Jean Nouvel이 설계한 교육·놀이 공간도 같이 꾸밀 예정이었다. 효정은 시장이 나를 개관식에 초대하고 그 기회에 나를 광명시 홍보대사로 임명하고 싶어 한다고 말했다.

나는 기쁜 마음으로 그 제안을 즉석에서 받아들였다. 한국에 다시 갈 수 있는 기회였기 때문이다. 아예 비공식적인 건 아니지만 내가 장관일 때보다는 훨씬 더 편안한 분위기일 것이었다. 효정과 광명시는 기아자동차 공장, 디자이너 이상봉의 쇼룸 방문 등 많은 사람을 만날 수 있는 다채로운 프로그램을 제안해서 많이 설렜다.

이 여행은 내게 매우 감동적인 기억을 남겨주었다. 무엇보다 내가 일로서가 아닌 개인적 의미를 부여한 첫 번째 여행이었다.

같은 때 위고 세두라만Hugo Sedouramane도 연락을 해왔다. 그는 신기술 전문 기자로 그를 안 지 10년도 넘었다. 내가 이끌던 다양성 장려 단체 21세기클럽에서 그가 인턴으로 일할 때 알았으니 말이다. 위고는 네이버에서 프랑스의 '테크' 생태계에 관한 컨설팅을 담당했다. 그는 김상헌 대표이사와 그의 오른팔 한석주가 3월 말 파리를 방문하는데, 그때 그들이 나를 만나고 싶어 한다고 메일로 알려왔다. 나는 곧바로 그러자고 답장을 보냈다. 네이버 팀과는 이미 두 번의 만남으로 좋은 기억을 간직하고 있었기 때문이다.

2015년 10월 대통령실은 올랑드 대통령의 11월 방한을 앞두고 그 준비 미팅을 위해 나를 서울로 파견했다. '국빈' 방문은 공식 방문보다 더 중요하다. 그것은 양국이 상호 관계의 질적 차원에 많은 관심이 있음을 의미하고 최고위급 회담이나 국회 방문 시에는 그에 걸맞은 의전이 따른다.

올랑드 대통령과 외교부 장관은 한국과의 관계를 강화하고자 했다. 양국은 인구 규모, 문화유산과 문화에 쏟는 관심, 강력한 행정부, 수준 높은 교육 제도 등 공통점이 많고 지정학적 측면이나 경제적으로 상호 도움을 줄 수 있는 부분도 많기 때문이다.

5년 임기 동안 올랑드 대통령의 외교적 방문은 빈번하게 이루어졌는데 나중에 얘기를 나눠보니 그는 개인적으로도 한국에 관심이 많았다. 그것은 대통령을 그만둔 뒤에도 마찬가지였다. 나는 서울에서 열린 세계지식포럼에서도 그와 몇 번 마주쳤다. 올랑드 대통령이 한국과 한국 국민을 매우 높게 평가하는 것으로 나는 알고 있다.

나는 2015년 10월 올랑드 대통령의 국빈 방문을 위해 한국에 갔다. 몇 달 전부터 한불 수교 130주년 기념 행사를 준비하면서 네이버와 파트너십을 맺고자 했던 프랑스대사관의 요청으로 나는 대표이사였던 김상헌과 당시 서비스

151

총괄이사이자 이후 대표이사가 된 한성숙, 그리고 한석주를 처음 만났다.

내가 부산행 비행기를 타야 해서 미팅은 짧게 45분 동안 이루어졌다. 당시 나는 문화부 장관이었지만 디지털 경제 분야를 맡았던 경험으로 구글, 애플, 페이스북, 아마존, 마이크로소프트 같은 미국 공룡 기업이 전 세계를 기술로 지배할 위험이 있음을 확신하고 있었다.

네이버를 처음 안 나는 15년밖에 되지 않은 신생 기업이 거둔 눈부신 성장도 인상적이었고, 한국이 구글에 대항할 만한 자국 검색 엔진을 만들었다는 것에도 적잖이 놀랐다. 이는 세계에서 유례가 없는 일이다. 러시아와 중국 검색 엔진도 자국에서 많이 사용하지만 이는 정치적 이유로 미국 기업의 서비스를 차단했기에 가능한 일이었다.

우리는 미국과 중국의 막강한 플랫폼 때문에 민주주의 사회가 경제 주권과 정치 주권을 상실할 위기에 놓였다며 떠오르는 대로 이야기를 나누었다. 그때는 몰랐지만 네이버 설립자 이해진은 이러한 분석에 깊이 공감했고, 김상헌은 우리의 관점이 비슷하다는 것을 예감했다. 그는 이해진에게 내가 11월에 프랑스 대통령 국빈 방문 수행단의 일원으로 한국에 갈 때 만나봐야 한다고 말했다.

몇 주 뒤 나는 장관, 경영인, 예술가, 기자 사이에 파묻혀 서울로 향했다. 모든 공식 방문 일정이 그러하듯 이번

152

에도 여러 방문과 기념행사가 숨 돌릴 틈 없이 이어졌다. 프랑스대사관은 한불 수교 130주년 한 해 동안 네이버 포털에서 프랑스 콘텐츠를 전면에 배치할 방법에 관한 논의를 마무리하지 못하고 있었다. 그들은 나에게 프랑스 정부를 대표해 김상헌 대표와 이 문제에 관한 대략의 의향서 LOI:Letter of Intent에 서명해달라고 요청했다. 정부의 많은 동료는 물론 경영자들과 공공기관 단체장들도 한국의 많은 유관 기업 및 기관과 똑같은 일을 했다. 그렇게 해서 멋진 공식 사진들이 나왔고 국빈 방문은 성공적으로 치러졌다.

이런 일에서 상징과 커뮤니케이션은 내용만큼 중요하다. 공공연히 양국의 우호 관계를 보여주고 양국이 서로 존중한다는 신호를 내보내야 한다.

그러나 이 조인식은 내 삶에 매우 불행한 결과를 낳았다. 그 이야기는 뒤에서 다루겠다. 아무튼 나는 이때 이해진을 처음 만났다. 우리 측에서는 프랑스 대사와 경제 참사관, 나와 내 비서실장이 참석했고 네이버 측에서는 이해진, 김상헌, 한석주가 참석했다. 이미 말했듯 이해진은 말이 별로 없는 사람이다. 하지만 우리는 디지털 혁명과 그것이 경제, 사회, 정치에 미칠 파장에 관한 생각이 같아서 마치 오래 알고 지낸 친구처럼 격의 없는 대화를 나눴다.

그때 나는 꽤 낙담하고 있던 차였다. 2년 동안 디지털 경

153

제 분야를 맡으면서 IT 거대 기업의 세금 문제에 주력했는데 구글, 아마존, 페이스북의 대규모 세금 회피를 막을 방법을 찾지 못했기 때문이다. IT 거대 기업들은 프랑스에서 수십억 유로의 이익을 올리면서도 법인세로는 그야말로 터무니없는 금액을 냈다. 프랑스와 유럽 내 규제의 허점을 최대한 이용한 조세 최적화 전략 탓이다.

이런 행태에 반대하는 윤리의식을 가진 이해진을 보면서 내 관심은 높아졌다. 네이버는 이익이 나는 곳에서 세금을 내고 뉴스 포털이 기사를 인용할 때마다 언론사에 저작권료를 지불한다. 유럽에서는 언론의 비난에도 불구하고 저작권료를 내는 곳이 없다. 말하자면 네이버는 규범과 자국 현실을 존중한다.

그러나 이 논의에서 특별한 쟁점은 없었다. 우리 부처가 네이버와 함께 진행할 별다른 프로젝트가 없었기 때문이다. 다만 프랑스대사관과 프랑스 외교부가 '한국 내 프랑스의 해'를 위한 네이버의 후원이 성사되도록 우호적인 관계를 맺고 싶어 했을 뿐이다. 꼭 행사의 일환이 아니어도 네이버라는 기업의 상징적 영향력을 잘 알아서 어떻게든 관계를 구축하고 싶어 했다.

나는 기적 같은 성과를 만들어냈고 또 나와 관점이 비슷한 설립자와 아무런 사심 없이 만날 수 있어서 기뻤다.

사실 한국이 조금 부럽기도 했다. 프랑스의 기술 산업,

154

즉 '라 프렌치 테크La French Tech'를 선전해야 했던 전임 디지털경제특임장관으로서 나는 무엇보다 기업 가치가 10억 달러 이상인 스타트업 유니콘의 발전을 꾀하고 싶었다.

프랑스에서 그런 기업은 다섯 손가락에 꼽을 만큼 수가 적었다. 그러니 설립 15년 만에 주식 가치가 400~500억 달러로 뛰어오른 네이버의 성공 신화가 질투 날 정도로 부러울 수밖에 없었다. 프랑스에도 네이버 같은 기업들이 탄생하기를 꿈꿔본다. 우리는 친한 친구가 되어 모임을 마무리했지만 언제 다시 볼 수 있을지는 몰랐다.

어쨌든 이 모임은 나에게 중요한 계기가 되었다. 그것은 일 차원을 넘어선다. 얼마 뒤 한국의 유력 일간지가 나에 대한 기사를 실었고 네이버는 이 기사에 관심을 보였다. 이후 내가 정부 일을 그만두었다는 소식이 한국에까지 퍼졌을 때 이해진, 김상헌, 한석주는 오히려 기뻐하며 나에게 연락을 시도했다. 위고 세두라만 기자의 중개로 우리는 2016년 3월 말 파리에서 다시 만났다.

약속 장소는 루브르박물관에서 그리 멀지 않은 망다랭 오리엥탈호텔의 바였다. 얼마 전 한석주는 그날 호텔 앞에서 그들을 기다리며 담배를 피우는 내 모습을 보고 김상헌과 자신이 약간 놀랐다고 털어놓았다. 게다가 나는 그들의 예상과 달리 정장이 아니라 가죽 재킷을 입고 있었다. 아마도 그들은 내가 얼굴은 한국인이지만 자유롭고 조금은 엉뚱한 전형적인 프랑스 여자라는 사실을 그날 처음 실감했을 것이다.

우리는 유럽의 스타트업을 주제로 흥미로운 얘기를 나누었다. 나는 네이버가 유럽 시장과 현지 경영자들을 더 잘 파악하고, 어쩌면 새로운 성장 견인차를 찾아내기를 바란다는 점을 이해했다. 하지만 그 단계에서는 아직 구체화한 것이 없었고, 솔직히 말하면 나는 그들이 내게 바라는 게 무엇인지도 몰랐다.

사람들을 소개해달라는 것인가? 인수할 만한 스타트업을 알아봐달라는 것인가? 사업이나 기술 제휴를 할 파트너들을 찾아달라는 것인가? 그날 이후 우리는 이메일을 계속 주고받았다. 투자 펀드를 조성하려는 아이디어는 그때 시작되었다.

완벽하게 계획을 세운 것은 아니었지만 그래도 내 미래가 네이버와의 협업에 있다는 확신이 들었다. 하지만 내가 직접 창업까지 할 줄은 꿈에도 몰랐다. 글로벌 금융 위기가 닥치기 직전인 1987년 아버지는 회사를 설립했는데 그 시절 기억이 그리 행복하지 않았기 때문이다. 그때 나는 청소년이었지만 부모님 못지않게 은행 대출 문제를 걱정했다. 결국 아버지는 대출을 받지 못했다. 월급을 받는

156

경영자라는 안락한 자리를 박차고 나온 아버지는 혼자 가족의 생계를 짊어지느라 늘 걱정이 많았고 나도 그 영향을 받았다.

그렇게 위험을 꺼리는 성향이 생기면서 기업가는 내 적성이 아닌 것 같았다. 15년 이상 사명감과 확신 아래 공직생활을 했고 장관까지 지냈으니 이후에는 새롭고 열정을 불러일으킬 만한 도전거리가 거의 없으리라고도 생각했다.

장관직에서 물러난 직후 캘리포니아 팜스프링스에서 휴식을 취하고 있을 때 대통령 비서실장이 전화를 걸어왔다. 올랑드 대통령이 지시했을 것이다. 그는 내게 다시 정부에 들어오라며 자리를 제안했다.

"베르사유궁 관장이나 대사직에 흥미가 있나요?"

다른 사람이라면 금세 달려들었을 이 기회를 나는 주저 없이 거절했다.

나는 행정부에서 일했고 행정부를 존중하지만 학연이나 지연을 끔찍이 싫어한다. 누군가를 임명할 때는 후보의 장점, 그의 경험, 책임질 기관을 위한 훌륭한 계획을 선발 기준으로 삼아야 한다. 쫓아낸 장관들을 달래기 위한 위로 차원이어서는 안 된다. 이런 행태 때문에 정치인이 대중에게 신뢰를 잃는 것이다. 나는 그것이 민주주의에 해롭다고

157

생각한다. 이런 신념을 가진 나는 내 결정을 확신했다.

마흔세 살을 앞둔 시점이었고 내 삶을 바꿀 수 있는 마지막 시기였다. 더 늦으면 그때는 에너지가 남아 있지 않을 터였다.

나는 코렐리아 설립을 준비했다. 그전에 먼저 공직을 내려놓기로 했다. 그건 당연한 일이었다. 15년 동안 이미 국가에 충실히 봉사했다. 나는 공직자가 자리를 내놓지 않고 10년 가까이 민간 영역에서 일하게 하는 유예 제도의 혜택을 포기하기로 마음먹었다. 유예 제도는 일이 잘못되었을 때 공직자가 일하던 부서에 복귀해 곧바로 월급을 받을 수 있는 장치다. 이는 민간 부문과 공공 부문의 원활한 소통을 위해 좋은 제도이고 더욱 권장해야 할 제도임은 분명하다. 사실 기업의 경제 현실을 아예 모르고 마련한 행정 규제도 많다.

반대로 민간 부문은 행정부의 제약을 잘 이해하지 못한다. 두 영역이 명확히 정의한 윤리적 틀에서 벗어나지 않는다는 조건 아래 활발히 교류한다면 매우 바람직한 일이다. 그러나 내 경우에는 이처럼 미리 안전망을 확보하는 것이 무의미했다.

나는 대기업에 들어가 일하려는 게 아니었다. 회사에 들어가 상관과 뜻이 잘 맞지 않거나 터무니없는 결정 사항을 따라야 하는 등 실패 위험을 무릅써야 하는 상황은 행정부로 다시 돌아가는 옵션을 준비해두는 타당한 이유로 작용한다. 민간 영역에서 일하는 몇몇 공직자의 성공은 전적으로 그들의 장점이나 헌신, 의지에 좌우되지 않았다.

반면 나는 직접 창업하는 것이므로 실패는 온전히 내 책임이고 다른 사람에게 돌릴 수 없었다. 특히 공직을 떠남으로써 네이버 파트너들에게 앞으로 열심히 임하리라는 신호를 보낸 셈이어서 결정을 내리고 흡족했다. 사직서에 서명하면서 나는 실패해도 돌아갈 자리가 없고 고위 공직자의 넉넉한 월급과는 영원히 안녕이라는 것을 잘 알고 있었다.

2016년 6월 9일 나는 절차에 따라 내가 몸담은 행정부의 장에게 사직서를 보냈다. 감사원의 직속상관은 대통령이다. 나는 몇 달 전 나를 해고한 올랑드 대통령에게 보란 듯이 사직서를 찍어 페이스북에 올리기도 했다.

저는 기업 설립 계획을 수행하기 위해 공직자 지위가 부여하는 혜택을 포기하고자 합니다. 제 결정이 유예 제도와 양립할 수 있음을 잘 알고 있습니다. 이 제도로 저는 적어도 8년 동안 언제든 감사원으로 돌아올 수 있습니다. 하지만 저는 전념하는 자세로 앞으로의 활동에 임하고

159

싶습니다. 행정과 정치 분야에서 일하는 동안에도 내내 그러한 마음가짐이었습니다. 그 마음가짐은 유예 제도가 추구하는 안락함, 조심성, 위험 최소화와는 양립할 수 없을 듯합니다. 아마도 공직자로 일한 까닭에 이런 생각을 하는 것이겠지만 저는 늘 공적 자금을 조심하고 존중해야 한다고 생각합니다.

인생의 전환기에 창업이라는 제 모험을 순탄하게 마치려고 그 대가를 국민에게 지우고 싶지 않습니다. 창업은 무엇보다 제 개인적인 선택이자 도전이기 때문입니다.

페이스북에는 흔치 않은 내 결정을 축하하고 격려하는 댓글이 수백 개나 달렸다. 내 요청에 따라 2016년 8월 15일 나는 공식적으로 사임했고 놀랍게도 한국 언론에서 많이 다루었다.

네이버와 나는 한국에서 브레인스토밍 세션을 열기로 했다. 김상헌 대표는 우리의 프로젝트와 관련해 생각의 장을 넓혀줄 사람을 몇 명 초대하자고 했다. 내 어릴 적 친구 앙투안 드레쉬Antoine Dresch도 여기에 참여했다. 우리는 그랑제콜 준비반에 다니던 청소년 시절부터 아는 사이였고 둘 다 경영대학을 나왔다. 이후 우리의 길은 갈라졌다. 그

160

는 투자은행 쪽으로, 나는 정책과학 쪽으로 진출했다.

뜻밖에도 우리가 다시 만난 것은 코렐리아 창업 과정에서였다. 나는 그가 코렐리아의 동업자가 되기를 바랐다. 10년 전 21세기클럽에서 만나 아주 가까운 친구가 된 피에르 주에게도 워크숍 아이디어를 내비쳤다. 피에르 주는 프랑스에 거주하다가 전략 컨설팅 분야에서 일하려고 서울에 정착했다. 그도 코렐리아에 합류했다. 디지털경제부 장관실에서 일한 고문 두 명에게도 나는 같은 제안을 했다.

앙투안과 나는 다른 사람들보다 먼저 출발해 2016년 6월 말 서울에 도착했다. 이후 이해진, 김상헌, 한석주와 함께 일했다. 서울 체류는 완벽하게 준비되어 있었다. 네이버의 성남 본사와 라인프렌즈 숍에도 가봤고 디캠프, 스타트업 얼라이언스 같은 인큐베이터 기업도 방문했다.

이때 비무장지대, 도라산역, 땅굴에도 가보았다. 방문객을 위해 마련된 쌍안경으로 북한을 바라본 것은 꽤 충격적인 경험이었다. 비무장지대라는 그리 넓지 않은 땅에서 배어 나오는 형용할 수 없는 긴장감 때문이었다. 민주주의 국가에서 평화롭게 살던 사람들에게는 그 긴장감은 낯설었다. 1989년 3월 고등학교 수학여행으로 동베를린에 갔을 때와 비슷한 느낌이었다.

그사이 합류한 프랑스 측 참석자들과 우리는 춘천에 있는 네이버의 '각閣'으로 이동했다. 네이버의 최첨단 데이터

센터 각은 세미나와 숙박을 할 수 있는 시설을 갖췄다. 시설은 모두 유명 건축가의 작품이었다. 각은 모던하고 세련된 디자인이 주변 지형과 녹지에 완벽하게 녹아든 훌륭한 곳이다. 이처럼 이상적인 환경에서 우리는 펀드 구조화 작업을 하고 투자 전략을 정할 예정이었다.

저녁에는 치킨을 먹고 노래방에서 즐기기도 했다. 우리는 회의 중간중간 재미있는 시간을 보내면서 서로를 알아가고 친해졌다. 네이버의 따뜻한 환대 문화와 극도의 세심함을 보여주는 디테일은 특히 감동적이었다. 예를 들어 회의실에 놓아둔 생수는 에비앙이었고 각의 구내식당에서는 1980년대 프랑스 샹송이 흘러나왔다.

파리로 돌아갈 때 우리는 코렐리아 창업의 다음 단계를 시작하기 위한 일 목록을 산더미처럼 안고 갔다. 물론 잊지 못할 특별한 순간의 추억과 우리의 이번 만남이 삶에서 손에 꼽을 만큼 중요한 순간으로 남으리라는 직감도 함께 말이다.

그해 8월 우리는 펀드 구조화 작업에 집중했다. 프랑스가 휴가철이어서 변호사들에게 연락하기 어려울 때는 일하기가 쉽지 않았다. 여름에도 계속 일하는 한국 파트너들은 이 상황을 이해하기 힘들어했다. 그때 우리는 우리가 서로를 알아가는 여행의 출발점에 서 있다는 것을 알지 못했다. 우리는 가장 사소한 일부터 가장 중요한 일까지 서

로의 차이를 확인하면서 조금씩 문화의 걸림돌을 벗어던
졌고, 결국 상호이해를 위한 소중한 열쇠를 얻었다.

8월 15일 정식으로 사임되자 나는 그다음 날 코렐리아의
정관을 등록했다.

코렐리아라는 이름을 지은 사연이 재미있다. 이해진, 김
상헌, 한석주와 나까지 넷만 모여 이 프로젝트를 구상할
때 나는 프랑스 투자은행에서 비공개 딜을 할 때 쓰는 코
드명을 쓰자고 제안했다. 그렇게 지은 프로젝트 이름이
'반란 연합Rebel Alliance'이다. 이는 〈스타워즈 4:새로운
희망〉에서 제국에 저항하기 위해 제다이들이 만든 조직의
이름이다.

우리가 네이버와 함께 스스로 짊어진 사명은 소위 '빅
테크'들의 지배에 대항하는 것이었다. 디지털 경제의 가치
사슬 전체를 쥐고 흔드는 다국적 기업들은 종종 자신들의
입지를 남용한다. 그러니 우리는 레지스탕스이고 그들은
제국인 셈이다. 모두가 이런 암시를 재미있어 했다. 기업
정관을 제출하고 공식 이름을 넣기 직전까지는 말이다. 막
상 사업자 등록부에 회사 이름을 '반란 연합'으로 올리자
니 이상했다.

그때 '코렐리아Corellia'라는 행성에서 반란군의 시초가
된 동맹 조약을 맺던 영화의 한 장면이 기억났다. 코렐리
아는 기술이 발달한 행성으로 은하계에서 가장 성능 좋고

뛰어난 비행선을 만드는 곳이다. 그 밖에도 이 행성은 동식물, 그러니까 아름다운 가치를 지닌 생태계의 다양성 보전에도 힘썼다. 소리 자체도 '코리아'와 비슷해서 두 단어를 합쳐 '코렐리아Korelya'를 만들었다. 내 팀원들은 모두 스타워즈 시리즈의 등장인물을 아바타로 삼았고 내 아바타를 요다로 정해주었다.

2016년 8월 말은 앞으로의 역사에 중요한 지표가 되었다. 김상헌과 한석주가 법적 서류 준비를 마치기 위해 이틀 일정으로 파리에 도착했다. 네이버가 코렐리아에 투자한다는 것을 이사회가 공식 승인해야 했기 때문이다. 또 모든 규제 문제를 해결했는지도 확인해야 했다. 그때는 당시 경제·산업·디지털부 장관이던 에마뉘엘 마크롱이 정부를 떠나 자신을 장관으로 기용한 올랑드 대통령을 상대로 대선에 입후보하기로 결정한 시기였다.

친구로 지낸 마뉘엘 발스 총리가 내게 전화를 걸어 대선까지 남은 10개월 동안 마크롱의 후임으로 일하지 않겠느냐고 제안해 나는 무척 놀랐다. 경제부 장관은 높은 자리지만 나는 잠시도 망설이지 않고 그 제안을 거절했다.

정치란 그런 것이다. 어느 날 아무런 예고 없이 해고하고도 6개월 뒤 마치 아무 일도 없었던 것처럼 다시 돌아오라고 제안한다. 그러니 정치계에서 경력을 쌓고 싶으면 모.든 것과 거리를 둘 줄 알아야 하고 무엇이든 너무 개인적으로 받아들이지 말아야 하며 지나치게 애정을 주어서도 안 된다. 정치계에서 뒤끝은 정말 용납할 수 없는 배신 정도는 되어야 생긴다.

네이버 이사회가 투자를 허락하면서 우리는 활동을 시작하는 동시에 코렐리아의 구조를 계속 잡아갔다. 우리의 임무는 분야에 상관없이 유럽의 기술 스타트업에 1억 유로이후 2억 유로로 확대했다를 투자하는 것이었다. 우리는 이미 어느 정도 단계에 오른 기업에 관심을 기울였다. 연매출이 크게 올라 수익을 낼 날이 머지않은 기업을 원했기 때문이다.이를 '레이트 벤처late venture' 또는 '레이트 스테이지late stage'라고 부른다

이 기업들이 아시아 시장에서 성장하도록 도울 수 있다는 것이 우리의 차별점이다. 나와 네이버의 네트워크는 아시아에서 가치 창출의 시너지 효과를 일으킬 것이었다. 이런 접근을 제안하고 특히 한국과 동아시아에 관심을 보이는 프랑스 투자 펀드는 우리 외에는 없다.

앙투안과 나는 아직 할 일이 많았다. 무엇보다 우리에게 '벤처 캐피털' 경험이 없었기 때문에 능력 있는 전문가들을 고용하고 사무실도 구해야 했다. 또 딜 소싱 절차를 정하는 한편 우리의 새로운 직업을 가속으로 배워야 했다. 다행히 앙투안과 내 능력 그리고 경험이 큰 도움이 되

165

었다. 나는 프랑스 테크 분야에서 이름이 알려져 있고 존
중도 받는 편이어서 좋은 딜을 끌어들일 수 있었다. 앙투
안은 인수합병 분야에서 오랫동안 일했고 텔레콤, 미디어,
인터넷 분야의 기업공개 절차를 진행한 경험도 많았다. 그
는 출자 지식에 해박하고 협상 경험도 많아서 복잡한 일을
진행하는 데 중요한 자산이었다.

우리는 2016년 9월 29일 서울에서 기자회견을 열어 코
렐리아 창업과 네이버와의 파트너십 관련 소식을 알리기
로 했다. 이 소식은 언론에서 충분히 다뤄주었다.

어쩔 수 없이 장관직에서 물러난 이후 6개월이 조금 넘
었을 때 나는 새로운 모험에 완전히 몰입하고 있었다.

그때는 눈코 뜰 새 없이 바빠서 내가 얼마나 행운아였는
지 깨닫지 못했다. 별 어려움 없이 활동을 재개하고, 한국
인으로서의 뿌리를 찾을 기회를 얻고, 새로운 직업을 배
우고, 새로운 사람들을 만난 것은 행운이었다. 코렐리아와
네이버 덕분에 나는 많은 시간을 고향에서 보냈고 한국에
서의 인간관계도 조금씩 친구들로 채워졌다. 나는 노래방
에도 자주 가는데 내가 에디트 피아프와 브리트니 스피어
스의 노래를 열심히 부르면 친구들이 깔깔대고 웃는다.

166

몇 년 동안 서울을 서른 번쯤 다녀왔다. 그러면서 내 마

음속 미로의 굳게 닫힌 문이 서서히 열렸다. 그와 함께 한국인의 행동 양식을 점점 더 많이 이해하게 되었다. 내가 한때 유창하게 구사할 수 있었던 독일어를 사용하는 독일인보다 어쩌면 한국인을 더 잘 이해하는지도 모른다. 엄청난 혁신을 가능케 하는 동시에 전통과 변하지 않는 것 같은 사회 구조를 지키는 한국인에게 나는 반했다.

하지만 행운이 과했던 것일까? 상황이 지나치게 아름다웠다. 모든 것이 잘 진행되고 있을 때 운명은 내가 예상하지 못한 부당한 시련을 안겨주었다.

친구들은 나를 위해 진심으로
기뻐해주었다. 최대한 드러내지 않으려
했고 무너지지 않으려 최선을 다했지만
친구들은 내가 이 사건으로 얼마나 마음이
상했는지 느끼고 있었다. 나도 교훈을
얻었다. 인생의 모든 것은 균형 문제다. 언제
어디서나 행운이 따를 수는 없다. 나는 아주
많은 행운을 누렸던 것 같다.

169

치명적
행운

치명적
행운

La loi de Murphy?

2016년 말에서 2018년 중반 사이에 우리 사업은 궤도에 올랐다. 코렐리아는 성장했고 우리는 유럽의 훌륭한 스타트업에 투자한 다음 그 회사가 아시아에서 성장할 수 있도록 도왔다.

우리가 처음 투자한 회사는 드비알레다. 프랑스에서 최고급 스피커를 제조·판매하는 드비알레는 음의 왜곡을 없애는 음향 처리 장치를 탑재한 제품을 생산한다. 이 덕분에 오디오 마니아의 마음을 사로잡고 있다. 또한 독창적이고 고급스러운 디자인으로 예술 애호가에게도 사랑받고 있다.

2018년 4월 나는 정치인의 윤리 위반을 감시하는 독립 기관인 공직투명성위원회HATVP로부터 서신을 받았다. 내가 장관이었을 때 네이버와 어떤 관계였는지 해명을 요구하는 내용이었다.

독자의 이해를 돕기 위해 재미는 없지만 프랑스 규제를 잠깐 살펴보겠다. 프랑스 형사법에 따르면 전직 장관은 다음과 같은 제약을 받는다.

171

그가 수행한 직무의 일환으로

- 민간 기업 감시나 관리
- 민간 기업과의 계약 체결 또는 해당 계약에 관한 의견 제시
- 민간 기업이 수행한 사업에 관한 결정을 관할 당국에 직접 제안하거나 그러한 결정에 의견을 개진했을 경우 직무가 정지되고 3년 이내에 해당 기업에서 일하거나 자문 또는 투자를 할 수 없다.

이 법의 취지는 장관이 지위를 이용해 민간 기업에 특혜를 주고 그 대가로 퇴임 후 일자리나 주식, 계약, 그 밖에 금전적 이익을 얻는 이해충돌을 막겠다는 것이다. 간단히 말해 장관직을 수행하며 어떤 기업을 감시했거나 관리했다면 그 기업으로부터 퇴임 후 3년 동안 돈을 받을 수 없다. 마찬가지로 장관직을 수행하며 어떤 기업과 계약을 맺었거나 그 계약에 관한 의견을 냈을 경우에도 3년 이내에 해당 기업으로부터 돈을 받을 수 없다. 공직투명성위원회는 이러한 조항 준수를 감시하는 기관이다. 특히 전직 장관의 과거 직무 수행과 관련해 민간 부문에서 하고 있는 활동이 양립 가능한지 판단한다.

2016년 나는 절차에 따라 공직투명성위원회에 코렐리아 창업과 전직 장관으로서 직무 수행 양립 가능성에 관한 의견을 물었다. 2016년 7월 21일 '의견서' 형식으로 돌아온

답변에서 위원회는 내가 기업을 설립하는 것은 가능하지만 조건이 있다고 했다.

코렐리아가 "2014년 8월 26일부터 2016년 2월 11일까지 문화부에서 각종 승인, 인가, 금융 지원 또는 어떤 종류의 결정 대상이 된 기업 또는 동기간 문화부와 계약을 맺은 기업에 2019년 2월 11일까지 서비스를 제공할 수 없다"는 것이다.

이런 표현은 굉장히 고전적인 것이고 전직 장관이 민간 영역으로 넘어가는 것과 관련해 위원회의 대다수 의견서에 등장한다. 다시 말하면 코렐리아는 내가 문화부 장관으로서 승인이나 지원을 제공한 기업 혹은 계약을 체결한 기업과는 사업 관계를 맺을 수 없다.

그로부터 2년 뒤인 2018년 4월로 가보자. 나는 당시 위원회의 답변을 받았다. 위원회는 내가 2015년 11월 올랑드 대통령의 국빈 방문 당시 프랑스 정부를 대표해 김상헌 대표가 이끄는 네이버와 서명한 '의향서'에 관해 해명을 요청했다. 이 의향서는 네이버가 한불 수교 130주년 기념 '한국 내 프랑스의 해' 행사 홍보를 위해 프랑스 정부에 무상 제공할 서비스에 관한 것이었다.

이 문서를 형사법에 따라 '계약'으로 간주할 수 있다고 본 위원회는 2019년 2월 11일 이전의 코렐리아와 네이버의 모든 사업 관계를 불법이라고 판단했다.

위원회는 2016년 3월 17일 네이버와 프랑스 외교부 산하 프랑스문화원이 서명한 파트너십 협정서도 언급했다. 그들은 이 협정서를 '의향서' 이행으로 간주할 수 있으며 따라서 의향서가 계약의 성격을 띤다는 것을 입증할 증거라고 했다.

내 서면 답변서에는 이해하기 쉽고 확인하기도 수월한 네 가지 주장이 담겨 있다.

첫째, 해당 의향서는 문화부가 아닌 외교부에 속하는 주한 프랑스대사관이 마련했고, 대사관이 네이버와 논의하고 교류한 결과물이다. 나와 문화부 산하기관은 이 의향서 준비와 관련이 없다. 대통령이 외국을 공식 방문할 때 여러 장관에게 서명을 할당하는 것은 엘리제궁 의전실이 하는 일이다. 내게 이 의향서에 서명하도록 요청한 것은 '한국 내 프랑스의 해' 행사 일환으로 문화 프로젝트를 거론했기 때문이다. 의향서는 외교부 장관이 서명할 수도 있었다. 나는 위원회에 이러한 객관적 사실을 증명할 수 있는 모든 자료를 가져갔다.

둘째, 의향서는 계약서가 아니다. '구속력이 없는 외교 동의서'다. 다시 말해 공식 방문 당시 양국이 협력하고 있음을 가시화하고 물리적 실체를 만들고자 사용한 커뮤니케이션 도구다. 계약이란 한 개인이 다른 개인을 상대로 무엇을 제공하거나, 어떤 일을 하거나 하지 않겠다고 약속

174

하는 합의서다. 이는 프랑스 민법에 나와 있는 정의다. 계약은 서명 당사자들 간에 지켜야 할 의무의 근간이고, 계약 조항을 준수하지 않았을 때 소송으로 이어질 수 있는 문서다. 따라서 계약서는, 네이버가 '한국 내 프랑스의 해' 행사에 기여할 수 있는 항목을 열거한 보고서일 뿐인 의향서와는 아예 다르다. 나는 의향서를 부록에 넣었다. 서명한 원본은 찾지 못했는데 이 문서의 법적 효력이 전혀 없다는 것을 안 네이버 경영진이 원본을 찾지 못했기 때문이다. 아마 분실한 것으로 보인다.

셋째, 법은 장관이 직무 수행 시 미래의 일자리 또는 물질적·금전적 이익 보상을 대가로 특정 기업에 특혜를 제공하는 걸 방지하는 것을 목적으로 한다. 그런데 의향서는 네이버에 어떤 특혜도 제안하지 않았다. 오히려 네이버가 인터넷 포털에 프랑스를 위해 원래 유료인 자리를 무상으로 제공하려 했다. 따라서 이익은 프랑스가 받은 것이지 네이버가 받은 것이 아니다.

넷째, 네이버 포털에 프랑스 콘텐츠를 위한 공간을 실제로 마련하게 해준 협정은 2016년 3월 16일 체결했다. 그러니까 내가 장관직을 그만두고 한 달이 지나서였다. 이때 서명은 문화부가 아닌 외교부 소속의 프랑스문화원 공직자가 담당했다. 이 협정은 의향서를 한 번도 언급하지 않았고 의향서가 없었어도 어차피 체결할 문서였다.

175

치명적
행운

요컨대 위원회는 문화부와 계약을 체결한 기업, 문화부의 결정 사항 그리고 문화부 부서가 맺은 계약 혹은 내가 문화부 장관으로서 의견을 낸 계약으로 직접적인 이익을 본 기업에 서비스를 제공하는 것을 금하고자 했다. 내가 이 중 그 무엇에도 해당하지 않는다는 사실은 자명했고 나는 이를 입증할 물증을 모두 가져갔다. 그 정도면 두 다리를 뻗고 잘 수 있을 거라고 믿었다.

내가 감사원에서 일할 당시 공직자윤리위원회의 보고 책임자였기에 윤리 강령은 모두 알고 있었고 양심에 꺼릴 것도 없었다. 공직자윤리위원회도 공직투명성위원회와 같은 기능을 하는 독립 기관이지만 그 대상이 장관이나 선출직이 아닌 일반 공무원이다. 그래도 규정 자체는 동일하다. 더구나 나는 2016년 제안받은 영화 제작사 대표직과 프랑스 주요 통신사업자의 사외 이사직이라는 두 자리를 거절한 바 있다. 모두 윤리적 이유 때문이었다. 또 공직에서 물러난 뒤 내가 받을 수 있었던 특권까지 도덕적 이유로 포기했다.

내 정직성은 의심할 수 없는 문제였다. 이후 나는 오랫동안 공직투명성위원회의 소식을 듣지 못했고 사실 이 일을 거의 잊고 지냈다. 그러다가 2018년 12월 크리스마스 휴가가 막 시작되려던 참에 위원장의 전화를 받았다. 오후가 끝날 무렵이었다. 그는 위원회 사람들이 내 설명을 믿지 못해 다음 날 내 사건을 법원에 송치하기로 했다고 말했다. 결국 판사들이 기소할지 결정한다는 것이었다.

이 절차는 법에 따라 관보에 게재한다. 그런데 내가 잘못한 부분이 무엇인지 정확히 알 수 있도록 사건을 법원으로 보내는 이유를 알려주거나 충분한 근거를 대지는 못했다. 그들은 주장을 제대로 논의하지 않았고 내 주장을 반대하는 주장도 하지 않았다.

다음 날 폭풍이 몰아쳤다. 언론은 사건 내용은 들여다볼 생각도 하지 않은 채 뉴스를 내보냈고 나는 이해충돌을 일으켰다는 대중의 의심을 샀다.

나는 네이버 파트너들에게 상황을 설명했다. 그들은 내 얘기를 듣고 깜짝 놀랐다. 우리가 어떻게 사업 관계를 맺었는지 그들도 잘 알고 있었기 때문이다. 우리의 관계는 부정부패로 시작된 것이 아니다. 나는 장관으로서 그들에게 어떤 특혜도 준 적이 없다. 그러니 그들이 나와 일하면서 내게 대가로 줄 것도 없었다. 나는 그저 직무 수행을 하면서 그들을 두 번, 각각 45분 동안 만났을 뿐이었다. 그건 올랑드 대통령에게 해임당하기 3개월 전이었고 만난 뒤 연락을 유지한 것도 아니었다. 2016년 3월 우리를 이어준 것은 위고 세두라만 기자였다.

이 모든 이야기가 현실로 느껴지지 않았지만 고통은 극심했다. 사람들의 의심 때문이다. 구글에 내 이름을 치면 연관 기사 수십 개가 뜬다. 정직과 올바름을 최고 가치로 두는 사람에게 이는 끔찍한 시련이다.

사업에도 재앙에 가까운 영향을 미쳤다. 투자할 펀드 자금을 모으는 것이 코렐리아의 업무인데, '준법 의무' 확인 절차를 거쳐야 했기 때문이다. 조사를 진행하면서 수많은 기회가 날아가버렸다. 사업 파트너에게 약간의 상식과 법률 지식만 있어도 이 사건이 말이 안 된다는 것을 금세 이해할 수 있었지만 다 소용없었다.

결국 조사가 시작됐으나 나는 분명한 통보를 받지 못했다. 18개월 동안 아무런 소식도 듣지 못한 채 그저 평판과 사업에 치명적인 피해를 보았다.

나중에야 조사 과정에서 내 삶 전체가 낱낱이 파헤쳐졌다는 것을 알게 되었다. 그들은 내 은행 계좌를 들여다보고 전화 도청까지 했다.

2020년 6월의 어느 날 아침에는 아이들이 집에 있는 상태에서 가택 압수수색을 당했다. 내 사무실과 문화부도 마찬가지였다. 수십 명이 조사를 받았다. 이 모든 과정에 공적 재원을 동원하고 내 사생활을 무차별로 침해해서라도 네이버와 서명한 의향서가 계약서인지 아닌지 밝히겠다는 것이었다.

조사를 맡은 경찰은 2020년 7월 내 요청으로 나를 심문했다. 이미 조사를 마친 경찰은 이 사건에서 아무것도 나오지 않아 당황했다고 비공식적으로 말했다.

기자들 사이에 내가 정치적 원한을 샀다는 말이 돌았다. 나중에 법관 친구들은 이 사건에서 아무것도 나오지 않았고, 내가 비난받을 만한 일은 전혀 없었다고 털어놓았다.

법치 국가에 살면서 2년 이상 아무것도 아닌 일로 고문을 당했다. 사법계가 정치인을 미워해서 내가 그 희생양이 된 걸까? 금융 분야로 넘어간 사람들이 미워서 그랬을까? 어떤 비뚤어진 사람이 상징적인 내 한국 복귀를 막으려 한 걸까? 공직자였고 민주주의 제도에 믿음이 있었던 나는 환멸을 느꼈다. 그렇다고 음모론에 빠지고 싶지는 않았다.

나는 1년을 더 기다렸고 경찰이 2020년 8월 내가 잘못한 것이 없다는 내용의 최종 보고서를 발표한 뒤에야 혐의를 벗을 수 있었다. 2018년에 조회 수를 늘리려고 나를 의심하는 기사를 쓴 기자들은 짧은 쪽기사로 무혐의 소식을 실었다.

변호사에게 모든 게 끝났다는 전화를 받았을 때 나는 서울에 있었다. 안도감이 크긴 했지만 낭비한 시간, 잃어버린 기회, 가족에게 미친 부수적 피해까지 생각하면 씁쓸했다.

다행히 네이버와 프랑스공공투자은행BPIFrance 은행장 같은 사람들이 나를 지지해주었다. 은행장은 내 사건을 은행 법률팀에게 검토하라고 지시했고 조사가 진행 중임에도 불구하고 코렐리아에 투자하기로 결정했다. 이들에게 얼마나 고마운지 모른다. 이보다 더 힘든 일도 있다는 걸 알지만 그 2년 반 동안 내가 겪은 일은 앞으로 누구도 겪지 않았으면 한다.

내 혐의에 관한 소식은 한국에까지 전해졌고 언론이 꽤 큰 비중으로 다루었기 때문에 진실을 알리고 공개적으로 내 명예를 지키는 일은 내게 매우 소중했다. 이런 일은 첫날부터 해야 했지만 그때는 내 사건을 담당한 법관들의 심기를 건드릴까 봐 하지 못했다.

이 얘기를 우울한 분위기로 끝내고 싶지는 않다. 사건 종결이라는 좋은 소식을 들었을 때 나는 서울에 있었고 덕분에 네이버의 친구들과 즐거운 저녁 시간을 보냈다. 친구들은 나를 위해 진심으로 기뻐해주었다. 최대한 드러내지 않으려 했고 무너지지 않으려고 최선을 다했지만 친구들은 내가 이 사건으로 얼마나 마음이 상했는지 느끼고 있었다. 나도 교훈을 얻었다. 인생의 모든 것은 균형 문제다. 언제 어디서나 행운이 따를 수는 없다. 나는 아주 많은 행운을 누렸던 것 같다.

에필로그
: 우리는 다시 만나는 선택을 했다

한국에서 내 이야기는 이제 막 시작인 듯해 이 책을 어떻게 마무리해야 할지 모르겠다.

나는 이 책의 첫 부분에서 내 개인사, 특히 수치심을 언급했다. 인정하고 싶지 않지만 나는 내가 남들과 다르고, 부모에게 받아들여지지 못해 거부당한 출생 이야기를 안고 살아가야 한다는 수치심을 느낀 적이 많다.

시간이 지나면서 내게 가장 소중한 친구들도 학대, 버림, 부모와의 때 이른 이별로 힘든 어린 시절을 보내는 바람에 내면에 엄청난 상처를 입었고 그로 인해 고통받는다는 것을 알았다. 친구들을 사귈 때는 이런 사실을 전혀 모르다가 한참 뒤에야 알게 되었다. 우리는 마치 자석처럼 서로를 끌어당겼던 것 같다. 나와 비슷한 어려움이 있는 사람을 무의식적으로 알아보듯이 말이다.

181

아무리 힘든 시련도 견딜 수 있게 만드는 회복력은 우리를 복합적이고 정교한 사람, 더 나아가 매력적인 인물로 만들어준다.

이 생각은 조금 전 말한 수치심을 두 가지 면에서 상대적으로 바라보게 한다. 우선 나는 성공적인 삶을 위한 모든 재료를 나에게 마련해준 사랑스럽고 성숙한 가족을 운 좋게 만났다. 그다음으로 내면의 상처는 결국 지금의 내 성격을 만들었고 치유 전략을 세우는 데 필요한 에너지를 주었다.

감히 비교하건대 내가 장관으로 임명된 것이 한국에서 그토록 많은 관심과 감동을 불러일으킨 것은 내 개인사가 한국 역사를 그대로 담고 있기 때문이 아닌가 한다. 나는 1970년대 빈민가에서 태어나 열심히 일한 덕분에 사회적 지위를 인정받는 강한 사람이 되었다.

내 운명은 한국이 겪은 운명과 비슷하다. 나는 한국의 운명에 감탄한다. 가난한 나라였던 한국은 인적 자원과 산업 정책에 주력해 경제 대국으로 발돋움했고 최근에는 문화적으로 할리우드를 긴장시킬 만큼 큰 성공을 거두었다. 한국은 강대국 코드, 즉 영향력과 집단 지성, 부러움을 살 만한 라이프 스타일을 전 세계에 제안할 수 있는 능력을 갖추었다. 전직 문화부 장관으로서 나는 한류의 힘과 성공에 감탄할 수밖에 없다. 세계를 대상으로 한 문화 전략은 풍부한 문화유산과 훌륭한 문화를 자랑하는 프랑스조차

지난 50년간 펴지 못한 정책이다.

물론 한국이 모든 면에서 완벽한 나라는 아니다. 세상에 그런 나라는 없다. 20세기 중반 이후 한국이 걸어온 길은 존경심을 불러일으키고, 한국인과 마찬가지로 나도 한국이 이룬 대서사시가 자랑스럽다.

한국인은 나를 한 개인으로서 자랑스러워하고, 나는 한국인이 자랑스럽다. 이것이 이 이야기의 반전이다. 내 수치심은 사라졌고 우리의 운명은 얇은 트레이싱페이퍼 여러 겹을 포개 그린 조화로운 그림처럼 겹쳐 있다. 보이지 않는 여러 개의 선이 만나 한국과 나 사이에 무언가 중요한 것, 유전자로 정해지지 않은 것이 만들어지고 있다. 유전자는 우리가 어찌할 수 없이 그냥 주어진 것일 뿐이다.

중요한 것은 선택이다. 멀어짐과 망각, 무관심의 시간이 지나고 우리는 다시 만나는 선택을 했다. 서로를 알아가는 법을 다시 배우는 한편 의식적으로 의지를 갖추고 만들어가는 관계에도 마음을 연다. 또 자유를 누리면서 공동의 미래를 위한 수많은 계획을 설계한다. 자기 운명을 뿌리와 화해시키는 방법으로 이보다 더 아름답고 평화로운 것이 있을까.

Epilogue

1. 1974년, 조부모님댁 정원에서 나의 첫 반려견 에고와 함께

2와 3. 1975년 여름, 스페인에서 부모님과 함께

4. 1982년, 조부모님댁에서 부모님과 함께

5. 1980년, 일곱 살 때 학교에서

6. 1986년, 알프스에서 어머니와 여동생 자드와 함께

7. 1982년, 집에서 아버지와

8. 2001년, 감사원 취임 선서 후